KB269061

지구 밖으로 뻗은
나뭇가지

지구 밖으로 뻗은
나뭇가지

김경수 시집

민음사

발문

　나는 돌아가시고 얼마간의 간격이 있은 다음인 지난 가을에야 김경수 선생의 작고 소식을 들었다.

　오늘의 복잡한 삶에서 우리는 마땅히 주의를 기울였어야 할 많은 것에 주의를 기울이지 못하고 경황없는 삶을 산다. 이것은 일상의 작은 일만이 아니라 삶과 죽음의 커다란 고비의 경우에도 마찬가지다. 마치 커다란 파도 속에 무자맥질하며 휩쓸려 가는 것이 오늘의 삶과 죽음이라는 느낌이 든다. 끊임없이 밀려오는 삶의 번쇄한 파도는 죽음을 위한 빈자리를 남겨두지 아니한다. 그 결과의 하나로 삶이 오늘의 모든 것이라는 느낌을 준다. 이것은 삶의 힘을 말하고 삶에 대한 대 긍정을 뜻하는 것으로 여겨질 수 있을지 모른다. 그러나 죽음이 남겨놓은 빈자리를 생각하고 또 현재로 이어지는 과거의 기억을 되돌려주는 공간이 있어야 삶은 오히려 온전한 것이 된다. 가득한 삶은 사실 스러져가는 것들로 인하여 가득한 것이고 이 스러져기는 것을 스러져가는 것으로 보존하지 않는 한 잠으로 모든 것은 공허한 것이 된다. 그러나 오늘의 삶은 소용돌이치는 물결처럼 몰려오고 또 몰려가고 스스로 스러지는 것이라는 것조차도 의식하지 못한다.

　내가 김경수 목사님을 알게 된 것은 명륜동의 창현교회

목사로 계실 때였다. 그는 서글서글한 눈과 깊은 목소리를 지닌 분이었다. 그것은 거무스름한 빛의 함경도 분의 얼굴과 함께 감정이 깊은 분이라는 느낌을 주었다. 그때부터 수유리 쪽으로 이사하신 후나 제주도로 옮기신 후에도 출판하시는 시집을 보내주셨다. 그것은 대체로 군사 정권하의 억압적인 현실에 대한 분노를 직접적으로 또는 풍자적으로 표현하는 것들이었다. 1975년에 나온 『목소리』가 긴급 조치 위반으로 판매 금지가 된 것은 그것이 이러한 분노를 담고 있는 시들을 수록하고 있기 때문이었다.

그가 처음으로 시를 발표한 것은 1948년의 평양의 《로동신문》의 지상을 통해서였다. 목사로서의 직무가 그의 평생의 사업이었으므로 그에게 가장 중요한 것은 신앙과 신앙의 실천이었지만, 시도 그에 못지않게 일찍부터 그의 정열적 헌신의 대상이었던 것을 알 수 있다. 북에서 남으로 옮겨오신 다음에도 이미 1955년부터 시를 발표하기 시작했고 그 시들을 지금까지 총 열세 권의 시집으로 정리하였다. 그리고 처음 시를 발표한 지상으로 보아 정치와 사회 참여에 대한 관심도 일찍부터 그의 정열의 하나였던 것으로 짐작된다. 방향을 잡기 어려운 우리의 정치 상황에서 그는 그 나름의 방향타를 가지고 한결같이 현실에 대한 관심을 지속하였다. 그의 시가 가장 많이 표현한 것도 그의 이러한 관심이었다.

그러나 그의 일생의 결정적인 사건으로 가장 중요했던 것은 고향인 함경도 성진에 할머니와 어머니 그리고 일곱 형제를 남겨두고 홀로 월남을 하게 된 일이 아닌가 한다. 이번의 시집에서도 아마 가장 절실한 부분은 망향과 함께 어머님에 대한 그리움을 표현한 사모곡들이라고 하겠는데, 고향과 어머니 그리고 두고 온 사람들을 생각하는 그의 마음은 세월이 사십 년이 되고 오십 년이 되고 나이가 육십이 되고 칠십이 되어도 이렇게 간절했던 것으로 보인다. 정치적인 문제로서의 이산가족 문제는, 그의 시에서 인간적 실체를 얻고 있다는 느낌이 든다.

　나의 개인적 사정으로 하여 나는 이 글을 지금 미국의 캘리포니아 주 어바인에서 쓰고 있다. 이곳이 좋은 곳인 것임에는 틀림없지만, 나는 여기의 토지에서 공허한 공간의 느낌을 받는다. 그것은 사막에 가까운 이곳이 모든 것이 조밀한 서울에서 온 사람에게는 그렇게 비치는 까닭이기도 하지만, 모든 낯선 곳은 대체로 그러한 느낌을 주는 것일 것이다. 그리하여 눈에 보이는 땅의 내용은 지도에서 보는 이름처럼 공허하고, 새로 만나는 사람들은 그 이름이나 직능 이상의 깊이를 갖지 못한다. 그러나 우리가 익숙한 고장에서의 토지나 사람도 사실 따지고 보면 그렇게 의미 있는 깊이를 가진 것이 아니기 쉽다. 시와 문학이 하는 일은 이름으로, 표면으로, 추상적인 문제로서만 존재하는 것들에 깊이 있는 실체를 부여하는 일이다. 김경수 목사의 사모곡이 수행하는 것은 이러한 일이다.

　가족을 뒤에 두고 단신 월남한다는 것은 이별만을 뜻하는 것은 아닐 것이다. 그것은 우리의 삶 속에 깊이 들어

와서 삶의 가장 중요한 부분이 된 토대로부터 뿌리 뽑혀 나온다는 것을 말한다. 가족과의 이별은 이 커다란 실존적 박탈에 대한 하나의 인간적 비유라고 할 수 있다. 김경수 목사는 파울 틸리히의 저서 여러 권을 번역 소개한 바 있다. 틸리히는 심연 위에 있는 인간 실존의 두려움과 불안을 신을 향한 믿음으로——심연의 저쪽에 있는 두려움의 존재로서의 신을 향한 믿음으로 연결하려 하였다. 이것은 뿌리 뽑힌 현대의 불안한 상황 속에 신학을 정립하려 한 것이지만, 틸리히 자신 나치스 독일을 떠나서 미국에 피난민이 되어야 했던 사정과도 관계되는 일일 것이다. 김 목사의 틸리히에 대한 관심도 그 비슷한 삶의 체험들로 인한 것인지 모른다.

그러나 모든 것을 우리가 겪은 삶의 체험으로 설명하는 것은 옳지 않다. 사람의 삶은 구체적인 사건들의 연쇄이면서 그 사건들을 초월한 의미를 드러내고 그것으로 하여 우리를 어떤 깨달음에 이끌어간다. 이러한 차원에서 어머니로부터의 분리나 실존적 박탈의 의미는 그것이 우리에게 삶의 절실함을 잊지 않게 해준다는 데에 있다. 사람들은 삶의 구체성을 통하여 어떤 보편적 차원에 이른다. 그러나 이것이 구호적인 경직된 말로 요약되고 맹목적인 확신으로 응결되는 경우가 얼마나 많은가. 삶의 구체적인 내용에서 오는 절실함은 삶의 깨달음을 보편적이면서도 개성적 유일성을 가진 것이 되게 한다.

김경수 목사의 시들은 그가 절실하게 느끼고 기록한 삶

의 흔적들을 담고 있다. 그는 죽음의 순간에도 그 무서운
사실에 대한 여러 성찰을 잊지 않았다. 이번 시집의 많은
시들은 다가오는 죽음을 예상하면서 병상에서 보고 느끼
고 생각한 것을 적은 것이다. 그의 죽음의 시는 당연히
죽음의 허무와 그 허무의 절실성을 나타내고 있지만, 동
시에 그것을 통하여 그가 내다보는 자연과 우주 공간의
허허함과 그 해방의 약속을 말하고 있기도 하다. 그리고
그는 죽음을 통하여 삶——미물의 삶이라고 하더라도 그
삶이 긍정될 만한 것임을 말한다.

　그의 신앙에 있어서도 어둠과 밝음, 고통과 기쁨, 믿음
과 회의, 선과 악의 미묘한 연결에 대한 느낌은 그대로
작용하고 있다. 그의 많은 신앙의 시가 통상적인 신앙 확
인의 테두리를 벗어나는 것이 아니면서도 호소력을 가지
고 있는 것은 이러한 역설을 담은 삶의 절실성을 잃지 않
고 있기 때문일 것이다.

　궁극적으로 그가 신앙의 인간인 것은 틀림없는 일일 것
이다. 그는 분노와 고통에도 불구하고 바탕에 있어서 선
의의 인간이다. 그의 단순한 삶의 현실에 대한 긍정은 아
내를 비롯한 가족에 대한 시에서 덤덤하게 나타나 있다.
그의 신앙은 실존적 고뇌를 통하는 것이면서도 진리의 단
순함에 이른다. 그것은 그로 하여금 가까이 있는 것에 대
한 따뜻한 마음을 견지하게 하는 것이다.

　그가 작고한 후인 지금의 시점에서나마, 나는 이번 시
집을 통하여 그를 위한 기념의 공간을 만드는 데에 도움

을 줄 수 있게 된 것을 기쁘게 생각한다. 그의 발자취는 이미 여러 군데에 보존되어 있다. 그의 시 이백사십여 수가 나운영 교수 작곡의 찬송가가 되었다. 그의 활동은 기독교 문학의 세계에 여러 가지 족적을 남겼다. 말할 것도 없이 그를 위한 기념의 공간은 가족과 친지 그리고 그가 보살폈던 가슴속에서 가장 절실한 것일 것이다. 그러나 민음사에서 그의 최후의 시들을 수록한 시집을 내게 된 것은 그를 추억하고 기념할 수 있는 공간을 더욱 확실하게 마련하는 일이다. 기쁜 일이 아닐 수 없다.

2003년 1월
미국 캘리포니아 주 어바인에서

김우창 삼가적음

2부 바늘 끝의 천사

3부 내 평생의 기도

4부 어머니 생각, 고향 생각

I

모국어의 노래

모국어의 시인들

우리는 하늘을 하늘이라고 부른다
우리는 땅을 땅이라고 말한다
우리는 바다와 구름을 바다와 구름이라 하고
아침을 아침이라 부르며
밤을 밤이라고 말한다

행복할 때 더욱 높아진 하늘
괴로울 때 고삐 풀린 듯 울부짖는 바다
분노할 때 독주에 취한 듯 만취한 듯 미친 바람
우리 모두 언젠가는 찾아올 죽음도 모르고
언젠가는 맞부딪힐 전쟁과 온갖 질병도 까맣게 잊은 채
불을 켜고 같이 걷기도 하고
밥도 먹고 물도 마시고 웃고 울며

아름다움을 아름다움이라고 하고
추함을 추하다고 하며
서로 달라진 표정
엇갈린 길 가고 있다

모국어의 노래

모국어의 낱말 하나하나가 반짝이는 별이 되고
해와 달, 흐르는 강과 구름과 바람이 되고

모국어의 낱말 하나하나가 나의 북과 장고
꽹과리가 되고

모국어의 낱말 하나하나가 눈부신 보석
한여름의 푸른 숲 가을 벌판의 황금물결
봄의 향기와 겨울의 휘날리는 눈발
내가 서 있는 터전과
나의 성전이 되고 있다

어둡고도 고달프기만 했던 길
피 맺힌 설움의 눈발 속
눈발 날리며 우리가 쌓아 올린
높은 메의 높은 봉우리

내가 노래할 나의 영원한 노래도
내가 받은 최고의 유산과
내가 두고 갈 우리 모두의 유산도 모국어일 뿐

내가 숨 쉬는 내 생명의 모국어 한마디가
내 영혼의 갈증 풀어주고 있다

모국어의 광채

시란
몇 번의 수술 뒤 몇 번의 죽음의 고비 넘긴
깊은 상처와 같은 것

수술 칼에 베이고 바늘과 실에 꿰메인
뚝뚝 떨어지는 핏방울의 생채기에
볕이 든 아침
다시 듣는 새들의 지저귐과
바람소리에도 새삼 눈시울 뜨거워지고
콧날 시큰거리는 내 아픔의 속살 같은

내 혀와 입술에서 맴돌며
아무리 밀어내도 떠나지 않는 내 무덤 폐부에
일으켜 세운 영광의 깃발
내가 빠져나온 동굴과 같은 것

우리 모두 아끼고 사랑하는 시란
어머니 품에서 무덤까지 끌고 가는 요람 같은

내 모국어의 광채

시여
내 목숨의 처음과 끝인 맥박이여

시인은 영원하다

텅 빈 하늘 텅 빈 들녘을 맨발로 걸어오는 바다의 시인
모국어의 바다가 된 시인은 한 편의 시
한 방울의 눈물로도 영원히 죽지 않는다

해와 달과 뭇 별들이 하늘에서 하늘로 떨어지고
지구가 뼈초리 되어 온 우주를 울리며
쇠바퀴 되어 굴러도
활활 타는 불덩이를 온몸에 껴안은 시인은
흙에서 와서 흙으로 돌아가도
한 편의 시, 한 권의 책으로도 영원히 죽지 않는다

더러는 병들고 더러는 꺾이고
더러는 휘어도
천 년 기다린 아픔의 출렁이는 물살
눈부신 햇빛 속에 모국어 달구어 지닌 시인은
손발이 등성이가 되고 무릎이 드러난 묏덩이 되어도
끓어 넘치는 목숨의 시인은 영원히 죽지 않는다

흙으로 간 시인은 흙에서 돌아오고
바다로 간 시인은 물소리 되어 등 푸르고

딴 위성의 모래가 된 시인
헐어빠진 세상을 눈여겨보는 시인은
이승 같은 저승에서도 영원히 죽지 않는다

낙원에서 쫓기던 날

깊은 산사보다 더 조용한 고층 아파트
창밖 소리 없이 밀려가는 구름들의
신발 끄는 소리
바람에 흔들리는 나무들의 소곤대며
얼굴 비비는 소리

싸늘하고 두꺼운 시멘트 높은 성벽에 둘러싸여
옛 성 같은 나의 서재
인터넷에 몰두하여 조용한 아내와
텔레비전이나 녹음기로 언제나
풀어놓을 수 있는 푸른 목장과
평화스럽게 풀 뜯는 소 떼와 어린 양 떼
내가 즐겨 듣는 음악 소리와 밥 지을 때
수도꼭지에서 콸콸 쏟아지는 물소리

그러던 어느 날
바로 위층에서 쿵쿵거리며 내 머리와
가슴에 못 박는 소리에
고요한 낙원에서 쫓기던 날
시름에 젖던 날

죽음을 넘어서

살아서 지금까지
들려야 할 종소리 들리지 않고
보여야 할 새 하늘과 새 땅이
보이지 않고
뜨여야 할 눈 뜨이지 않더니

죽어서야 들리는 저 종소리
죽어서야 보이는 새 하늘과 새 땅
죽어서야 반짝이는 저 많은 별들에
모국어 한마디씩 새기며
내가 살리니
이것이 영생일지니

위선의 노래

나는 꿈꾸는 바다
숲을 거닐고 있다
넘실대는 바다의 비단결 같은 살결
나는 알고 싶을 뿐
내 가슴 휘감겨 오는 바다의 휘파람 소리
빛이 밀린 밤의 구름 사이
내게 속삭이는 초록빛 나뭇잎들
떨어지는 한숨 소리

나는 내게서 숨어버린 빛의 생명을
찾아내고 싶을 뿐
나는 홀로라도 좋아라
가난도 질병도 죽음도 무섭지 않아라
칼과 창 빼들고 전신 갑주 입고
드넓은 벌판 평화롭게
꼴을 먹는 소와 양 떼와
푸른 언덕에서 뛰노는 사슴의 무리

죽어서 말하는 시인이여
두 쪽으로 갈라선 땅이 그저 두렵고

슬픈 마음의 깊은 강은 흐르는데
두근거리는 가슴 목 조이는 심연의
눈 가린 밤 창가에 서서
서성거리는 등불의 계단 가득히
고인 빗방울
구름에 실은 아름다운 노래
삶의 아픈 가락 부르며 어느덧
잠자리에 들어간 우리의 시인들이여

견딜 수 없는 괴로움에 언제라도
터질 듯 말 듯 창백한 얼굴의 핏기 없는 그늘
황금도 명예도 권세도 싫다는 시인들의
갈기갈기 찢어내어 바람에 날리는 피리 소리
부푼 가슴의 오만한 모국어의 빛깔들
꽃의 향기여 독사의 독이여
넘치는 시인외 위선이여

한 장 또 한 장 넘기는 하늘과 구름의
갈피마다 바람소리 새소리
흐르는 물소리 들리고 있다

3·1절 만세

와와……
새들이 무리 지어 날고 있다
와와……
구름들이 몰려가고
태풍이 일고 있다
함성을 지르며 달려오는 파도마다
온몸을 뭍에 내던지는 바다
조용했던 도시가 만세 소리에
무너지고
윙윙거리는 바람소리
문 두드리는 소리
우왕좌왕하는 사람들의 바쁜 발걸음 소리
콩 볶는 소리
피비린내 코를 찌르고
천둥 번개 바다를 건너고 있다

꺼지지 않는 등불

뿌리 없는 나무들
너는 나라 잃은 슬픔과 피눈물 아는가
집 없는 설움과 아픔을

한때
우리는 우리 조국을 사랑했다는 이유
하나만으로 일본 경찰서 고등계에
붙잡혀 가 뼈가 부서지게 매 맞고
사지가 묶인 채 물 먹이우고
피와 거품을 내뿜었던 일 있었느니

하늘은 노랗고
빛 잃은 땅 언제나 사냥꾼에게 쫓기며
먹을 것 먹지 못하고 입을 것 입지 못하고
멸시와 천대 속에 더러는 우리끼리
물고 찢으며 살았던 일 없지 않았느니

그 캄캄하고 짓눌린 몸뚱이 사슬에 묶인 채
실컷 대한민국 만세 만세—목이 터져라 불렀던
우리의 자랑 3·1절
영원한 긍지 꺼지지 않는 등불이어라

활화산

폭발이다
이글이글 타는 저 가슴
끓는 불길 쏟아내는 저 아가리
쫓아오는 불바다
도망쳐라 도망쳐라 망설이지 말고 뛰어라
소용돌이치는 먹구름 끝없는 들판
하늘도 땅도 캄캄하고
뿜어 올리는 화산재와 미처 날뛰는 불길
드세어진 분노 길 잃고 있다

자랑스럽고 영광스럽던 날
뜨거운 마음으로 그렇게도 사랑하던 사람의
아름다운 추억 고향 푸른 하늘에 담아내어
언젠가 되살리는 기쁨
환한 새벽노을 머리에 이고
몇 번 죽는다 해도 죽지 않는 기도와 함께
평화로운 땅으로 네 발걸음 다그치라 솟아올라라
사랑하는 벗들이여
쏟아지는 불바다 피해 어서 오라
누구나 사랑과 자유로 대접받는 곳

머뭇거리지 말고 어서 달려오라
다시 휘영청 아침 해 밝아오는 곳으로

내 가슴속 부는 바람은

내 가슴속
덫과 굴레에서 벗어난 구름과 바람은
입에 물린 재갈도 없이
목에 매인 고삐도 없이
하늘 높이 훨훨 날고 있다

젊음도 가고 정열도 식지만
넓은 들 큰 숲을 흔드는 바람소리
흔들리는 하늘과 땅
지금까지
감겼던 눈이 뜨이면 열리지 않던
벽과 대문이 열리고
아니요 해야 할 때 아니요 하는 사람들의
용기와 고독

풀잎은 짓밟아도 베어내도 살아 있는
뿌리마다 이슬이 맺히고
가장 아름다운 꽃은 가장 외로울 때 피어난다

지금 내 가슴속에 부는 바람은

내 목숨의 가장 소중한 모국어 하나 남기며
내가 지닌 모든 것 날려가며
빈 가슴의 큰 메 허물고 있다

장미꽃은 장미꽃으로만

낮과 밤
장미꽃은 장미꽃으로만 피기 위해
상수리나무는 상수리나무로만 자라기 위해
진달래는 또 진달래로만 외딴 숲 속
제 얼굴 제 목소리 내기 위해
푸른 하늘 우러러 피와 땀
꽃은 꽃으로만 피어나
뿌리가 뽑히거나 허리가 잘릴 때까지
온갖 고생 참고 견디며
흐린 날에도 갠 날에도
비바람 치는 날에도 타오르는
열정과 사랑으로 지어진 태초의 형상 그대로
청초하게
헝겊 한 조각 가린 데 없이 속살 피어난
꽃과 나무마다 찬란한 빛깔의 모국어 뱉어내고 있다

꿈을 먹고 사는 사람들

장미에는 장미의 꿈이 있고
들꽃에는 들꽃의 꿈
씨앗에는 씨앗의 꿈이 있고
도토리에는 도토리의 꿈이 있다

새알에는 새알의 꿈이 있고
물고기알에는 물고기알의 꿈이 있다

정자에는 정자의 꿈
난자에는 난자의 꿈
사랑은 사랑을 낳고
미움은 미움을 낳는다.

쉬지 않는 전쟁과 다툼 속에서
싹을 키우는 폭력과 피괴

그래도 잃지 않는 빛이 있기에
꿈을 먹고 사는 사람들

밤안개

밤안개 짙은 날은 등불 켜놓고
바닷가 붉은 지붕의 찻집에 앉아
뛰는 심장의 타오르는 불길 댕기며
파묻었던 목소리 끄집어내어 땅과
바다 쿵쿵 울리며 내 넋의 갈증 풀어놓고
놀란 독수리의 광야, 썩은 심장 뜯기며
차오르는 파도의 울음소리
쓰라렸던 시대의 지붕 떼어내고
펑펑 쏟아지는 통곡에
무너져버린 벼랑
사나운 짐승처럼 으르렁거리는 밤안개
조용히 밀려와서는 소용돌이치고

눈도 귀도 잃은 바다
밤안개 속을 헤엄치고 있다

이렇게 밤안개 짙은 날은
가던 길 멈추고 등불 켜진 바닷가
붉은 지붕의 다방에 앉아
내 마음의 대문 두드리는 소리 듣고 싶다

붕어빵

붕어빵에 붕어가 없듯이
시집에 시가 없다

정치가 없는 정치의 붕어빵이 구워지고
종교가 없는 종교가 틀에 박힐 때

모두가 떠나간 자리
구름만 떠돌고

내 호주머니 속의 내가 어디론가
빠져나가고 없다

알몸의 바다

1

차라리 알몸일 때 더욱 눈부신 빛의 바다여
차라리 벌거숭이일 때 더욱 넘치는
바다의 천둥 번개
휘몰아쳐 오는 태풍이여

알몸인 바다 모국어의 낱말들
온갖 불순물 털어낸 다음에라야
더욱 빛나는 보석의 황홀함이여

언제 보아도 무거운 덧옷 벗어놓고
쉬지 않고 맨발로 달려오는 거센 파도소리

차라리 알몸일 때 더욱 아름다운
해와 달과 별들
눈부신 생명의 빛이여

2

알몸의 바다
바다는 태어나서 죽기까지
알몸인데도 도무지 무엇인가 입을 생각도
무엇으로 가릴 뜻도 내비치지 않는다

하늘과 땅을 향해서도
뭇사람 앞에서도 벌거숭이인 채
있는 그대로의 몸짓과 표정으로 속살 드러내고
치미는 분노 그대로 뒤엎을 것 뒤엎어 버리거나

부숴버릴 것 부숴버리다가
제자리로 돌아가야 할 때 제자리 돌아가고

짓누르면 짓눌리고 씻기고
잘라놓으면 아무렇지 않게 다시 모이고
흩어버리면 더 큰 힘으로
평화롭고도 깊은 생각에 고여
아무 일 없었던 듯 바다 깊은 골

천 리 밖 목소리도 들리고
내어준 뱃길 발자국 소리 들리고 있다

소나기

소나기 오시는 날의 나무숲마다
가야금 소리 거문고 소리 내고 있다

좀 더 머물고 싶은 땅에
좀 더 적셔주고 싶은 들에
소나기 오시는 날 되살아나는
나뭇잎마다 더 밝고도
환한 얼굴들

제 각각이던 숲은 초록빛 넘치는 강 이루며
훤히 내 앞에 뚫린 길 싱그럽다

소나기 오시는 날의 나의 시와
내 노래의 벼랑 위
딴 세상 볕이 들고 있다

눈

하늘의 별들만큼이나 많은 눈들
육십억 세계 인구의 일백이십억의 눈과
일천이백만 서울 인구의 이천사백만의 눈에는
사자나 호랑이 사냥개와 독사와 매 눈도 있지만
어린 양과 사슴과 기러기와 원숭이와 여우의 눈도 있다

천장과 벽에 달린 눈과 하늘을 떠도는 눈
고속도로마다 따라다니는
앙칼진 눈도 있고 맥없이 풀이 죽어
천 갈래 만 갈래 풀어진 눈도 있다

쌀에는 쌀눈 씨에는 씨눈 꽃망울의 눈과
내 머리와 가슴 일거수일투족을 살피는
불꽃같은 눈도 있고
교회와 사찰과 법정의 눈도 있다

피하면 피할수록 달아나면
달아날수록 쫓아오고 뒤따라오는 눈도 있고
허공에 뜬 눈도 있다

내게는 나의 눈
너에게는 너의 눈이 있다

모순의 노래

죽는 날까지 내가 사랑하다 죽을
조국이여
악한 사람에게도 착한 사람에게도
꼭 같이 햇빛과 비를 주신
모순의 하나님이여

아득히 높은 하늘과 깊은 바다
동과 서, 남과 북
생물마다 암수로 나뉜 모순보다
더 나은 아름다움은 없으리니

누가 쏘아댄 총알인지도 모르는
총탄에 목숨 잃은 우리의 천사들
높푸른 하늘 향해 날고 싶은 조국
모순의 땅이여

어제가 다르고 오늘이 다른 날씨
아슬아슬한 벼랑 시퍼런 칼날 위
맨발의 바람이 불고

같은 나무에 꽃과 가시가
정다웁게 피고 있다

때리지 마세요

때리지 마세요
너무 아픕니다

짓누르지 마세요
피가 눈물이 됩니다

나는 외국인 노동자입니다
나는 매 맞고 사는 아내입니다
나는 매 맞는 남편입니다

나는 왕따당하여 몰매 맞고
병원에서 치료받는 학생입니다
조국을 떠난 이민입니다

나는 고문실에서 목숨을 잃고
하늘을 떠도는 불행한 시대의
외로운 넋입니다

때리지 마세요 너무 아픕니다
나는 고향에 돌아갈 날만을 손꼽아 기다리다가

임진강에 빠져 죽은 이산가족입니다
떠도는 구름입니다
둥지 없는 새입니다

제발 때리지 마세요
눈물이 피가 됩니다

하늘은 하늘끼리

하늘은 하늘끼리
땅은 땅끼리
사람과 짐승은 또 그들끼리
서로 닮아 있다

서로 헤어졌다가도 하나로 모이는
물과 바다
비어 있는 들과 봉우리들
나무숲들의 깊은 숨소리
꽃밭의 갖가지 꽃들도 서로 어울리며
닮아 있다

삶과 죽음 높이와 낮음
모래와 자갈도 서로 어울리며
닮아 있고 하늘의 별들과
개미와 먼지도 끼리끼리
서로 닮아 있다

가랑잎

도심지
수많은 사람들이 오가는 광장에
입김에도 날려가는 가랑잎 같은 시집들을 쌓아놓고
활활 불태운 다음
가랑비에 온몸 적시고 싶다

시의 무덤
뼈 없는 등신들

가을걷이 끝난 논밭에는 부리가 없는
독수리와 거세된 백로들이 날고
재재거리는 참새 떼들

겨울 무덤을 파는 벌레들과
겨울 지나 곤충들이 기이 나오는 논두렁에
불을 질러놓고
고래등 타고 깊은 바다로
떠나고 싶다

백두산

우리 쪽에서 백두산 가는 길은
길과 하늘도 막혀 저쪽 장백산 쪽으로
가는 길 찾아들었더니
우거진 나무숲 사이, 좁은 하늘과 길만이 뚫리고
백두산이 가까워질수록 아프게 떨어지는
폭포 소리 온 누리 울리고
백두산은 두 날개로 하늘 가린 채
번뜩이는 눈 천둥 번개 세워
검은 구름 위 목을 빼고 날고 있었다

푸드득 푸드득 날갯짓 할 때마다 하늘과 땅이 진동하고
나는 정신 잃은 채 눈멀고 귀먹어
쏟아지는 폭우에 무거워진 어깨와 가슴
차마 떨어지지 않는 발걸음 옮겨놓을 때마다
백두산은 구름 뚫고
훨훨 하늘 위로 날아오르고 있었다

비 머금은 나무숲과 흠뻑 젖은 길
백두산은 얼굴조차 내밀지 않고
하산하는 우리의 아우성 소리 묻어버린 채

저 넓은 들 지키지 못한 죄 책하듯
나무 한 그루 풀 한 포기 쓰다듬어 일으켜 세우며
하늘을 덮은 한 마리 길조 되어
검은 물살 가르며 훨훨 하늘 위로 날고 있었다

눈 감지 않아도

도둑 보고 짓는 개 드물어졌다
길을 가도
좌측통행 하나 제대로 지켜지지 않고
담배꽁초는 아무 데나 널리고
제 세상 만난 듯 춤추는 휴지들

가는 말이 고와도 돌아오는 말은
부러진 용수철

법대로 살다가 밥상에 놓인
수저도 들기 전 비어버린 밥그릇에 맺히는
한숨과 눈물 핑그르 돌아가고

눈 감지 않아도
코 베이고 있다

강

강은 흐르고 싶어서도 흐르지만
싫어도 흐른다

강은 바다가 보여서도 흐르지만
보이지 않아도 흐른다

흐를수록 넓어지고 깊어지고
도도해지는 강

강은 즐거워서도 흐르지만
고달파도 쉬지 않고 흐른다

서울에 흐르는 강은 남미의 정글
아프리카의 멧골에도 흐르고 있다

기다리는 임

임이 가셨다니요!
오시지도 않은 임이 어떻게 가십니까
무엇 하나 보이지 않는 황막한 땅
강보에 쌓인 채 버려진 아기의
온몸을 죄어오는 찬바람 소리
쿵쿵 지축을 울리는데
갓 깨어난 목숨 하나하나
짓밟고 지나가는 사나운 사냥꾼들이 놓아버린
사냥개들이 여기저기 우굴거리는데
여기, 내가 기다리는 임은
천 년을 기다리고 또 천 년을
기다려도 오시지 않습니다

임이 오셨다니요!
가시지도 않은 임이 어떻게 오십니까
눈이 있어도 보지 못하고
귀가 있어도 듣지 못할 뿐
내 안과 밖
이미 내게 오신 임
누구를 또 기다립니까
깨지 않는 밤이여 죽은 목숨 사람들이여

우는 새

한 방울의 눈물도 흘리지 않으면서
우는 새

원숭이 흉내 내는 사람과
사람 흉내 내는 원숭이 늘고 있다

아침의 아기

아침의 아기들은 언제나 어른보다
더욱 빛나고 환한 눈으로
어른의 어깨 너머 먼 하늘과 먼 땅을 바라보고 있다.

아침의 아기들은 본 대로 보이는 대로 말할 뿐
거짓말을 하고 싶어도 그것이 무엇인지 몰라서
있는 그대로 웃고 울며
또 울고 웃는다

바다에 가면

바다에 가면 바다가 있고
하늘에는 하늘이 있는데

산에는 산이 있고
꽃밭에는 꽃이 있지만
사람에게 있지 않은 사람이여

불 꺼진 등대
졸고 있는 파수꾼들

물 없는 강바닥
마른 호수

성난 바다

화났다 화났다 화가 났다
잔잔하던 바다
평화롭던 바다
썩은 팔다리 잘라내고
썩은 오장 육부 드러내고
철석철석 주먹으로
땅 치며
머리로 방파제 받으며
걷잡을 수 없는 마음
온몸으로 울며 통곡하며
성난 바다
진노한 바다
가슴 치고 있다

원숭이 마을

나는 원숭이 마을의 원숭이들을 보았다
사육사가 앉으라 하면 앉고
서라 하면 서고
뛰라 하면 뛰고
누우라 하면 눕고
춤추라 하면 춤추는 원숭이들

사육사가 주는 것 받아먹기 위해
먹이 쫓아다니며 재주 부리라 하면
재주 부리는 원숭이들을 나는 보았다

벌레 하나도

1

지구는 누가 저를 돌리는 줄도 모르고
정해진 궤도를 돌아가고 있다
혼자이면서도 홀로가 아닌 지구
몇 개의 별들과 함께 무수한 별들을
한 가족처럼 바라보며
느긋하고도 의젓하게
살이 깎이면 깎이는 대로
뼈가 으스러지면 으스러지는 대로
낮과 밤
벌레 하나도 버리지 않고

2

꽃은 제가 아름다운 줄도 모르고
가슴 저리도록
아름답게 피어 오늘 살다가
내일 죽는다 해도

빛과 향기로 삶의 고마움 깨우치고 있다

속세의 먼지 환한 빛으로 바꾸며
아름다운 갈기 세워 휘날리며 높푸른 하늘
향해 있다

개 버릇

사람의 개 버릇
개들이 보고 웃고 있다

새 인형의 집

서양 애들은 인형을 아주 좋아하며
사랑한다
그러나 어느 아이도 한 인형만을
끝까지 사랑하거나 좋아하지 않는다.
지극히 아끼고 사랑하던 인형도 싫어지면
일 년에 몇 번이라도
새 인형으로 바꾼다
그렇게 우리 아이들도 이제는
싫어진 인형을 바꾸듯이
몇 번이라도 남자는 여자를
여자는 남자를 바꾸며 살아간다

서로 닮아가는 처음과 끝
서로 닮아가는 사람과 사람들끼리

낮은 데로

언제나 낮은 데로만 흐르는
강의 넉넉함과 겸손함이여
먼 길일수록
더 넓은 바다가
큰 강을 기다리고 있다

바야흐로 지금 세계는

바야흐로 지금 세계는
엎어버린 바둑판
흑과 백이 섞이고
깊은 골 떠난
황하가 흐르고 있다

탈

선거 때가 되면
바쁘게 걸려오는 전화 받을 때마다
붙어 있는 목숨
고마워라, 진심으로

친구란 좋아서 만나고
슬퍼서도 만나보고
이렇게 일 년이 가고 십 년이 가도
우리는 믿을 뿐

내가 막아선 길 비켜주고 벗어버린 탈
욕심도 없이 열어놓은 문
유익하고 착한 일에 반짝이는 불빛 따라
서로가 슬프지도 아프지도 않게
살아온 삶의 찌꺼기
어둠을 털어내고

홀연히 맞아들인 대낮
우리 모두 알몸 되어
저 푸른 가없는 바다로 가세

무거운 탈 벗어놓고
너도 나도 다 같이

예절

할 말은 언제나 따로 있는지도 몰라
정다운 친구
사랑하는 사람과 사람 사이
마주 앉으면 언제나 비켜가는
말들
뽑은 것은 칼이 아니라
칼자루인 경우가 많다
(할 말은 다 하고 산다는 거짓말쟁이들)

어쩌면 이것이 사람이 살아가는
예절인지도 몰라
그래도 어디선가 번뜩이는
칼들
나의 가슴 쪼개고 있다

출애굽

신문지 한 장이 노숙하는
겨울 덮고 있다
헐벗고 굶주린 바닥의 등과
허리

불빛 하나로
삶의 갈기 세워
출애굽 하고 있다

헐벗음과 굶주림에도 머리 숙이지
않는 벼랑
절벽 앞에서도 현대인의 성서
신문지 한 장이
빈 들의 눈물과 한숨의
광야 덮고 있디

바다로 가세

우리 모두 다시 만나야 할 사람들
다시 바다로 가세
뜨거운 눈물의 텅 빈 가슴
아물지 않는 상처 그대로
온몸에 휘감아 올린 휘황한 빛깔
바다의 너그러운 마음 흘리며
손잡아야 할 바다

쪽빛 수평으로 열어
그리운 사람들의 그리운 목소리
메울 수 없는 깊은 골 메우기 위해
가슴마다 숨긴 비수 날개로 달아
서로 들추어낸 약점
서로 감추는 바다의 가슴 열고
살아온 것만큼이나 기쁘고
슬픈 바다로 가세

국경도 없는 실패와 실수와 좌절과
가도 가도 끝없는 길의 파도
우리의 승리 위해

우리의 허물 덮는 바다로 가세
폭군의 뜰 지나

우물 안 개구리

새해의 새 아침이다
너는 가라
늙은 아비 늙은 어미 두고라도
해 돋는 동쪽
한번 뜨면 지지 않는 해
서쪽으로도 남쪽과 북쪽
떨쳐 일어나 활개 치며
휘몰아치는 눈보라 거센 파도 헤치고
가시 울타리 넘어
훤히 열린 하늘과 땅으로

너는 가라 우물 안 개구리
가지 말자 가지 말자 가지 말자 하더라도
사랑하는 아들들과 딸들아
네가 품은 뜻 해가 되어 달이 되어
거침없이 뜨는 별 푸른 날개 펴고
깊은 골짝 소용돌이치는 바다 밑
떨쳐 일어나
가련한 낙엽 되지 않기 위해서라도
밝아오는 온 누리 어둠 딛고

네가 품은 뜻 저 넓은 하늘과 땅으로
사뭇 떨치며 가라

최후 심판의 날

이것은 얼마 만에 내가 찾은
에덴동산이냐
좋은 음악 들으며 그림 그리고
글 쓰는 시간의 행복

피폐한 겨울밤 지나 이것은 또
얼마 만에 듣는 봄비냐
맹수에게 쫓기기만 하던 피비린 땅에
매화 복사꽃 목련꽃 피어나고
헐어버린 높은 벽 한결 더 뚜렷이
우리 가슴속 짙푸른 하늘과 땅
깊은 바다냐

그러나 또다시 위태로운 항해 떠나고 있다
피하고 싶었던 동족상잔과
언제 터질지 모르는 전쟁도
못 버린 채 더 많은 시간
더 많은 멍에 짊어지고
죽음까지 끌고 가는 분단의 아픈 상처
무성한 말들이 만들어낸 허깨비

오만과 탐욕, 갈등과 배반의 피 먹은
수레바퀴 돌아가고

최후 심판의 날
내게는 아직 알리바이가 없다
6·25 전쟁 때 수녀를 강탈한 괴한이
수녀원에서 잡혔을 때

가는 곳마다 독사를 풀어놓고
깊이 병든 머리와 가슴 사이
차서 넘치는 명예욕과 황금욕과 권세욕에
모두가 미쳐 돌아갈 때

줄곧 불의 홍수 뿜어내며 활활 타오르는
저 활화산은 또 누구의 것이냐
쏟아내라 쏟아내라 쏟아내라
타오르는 나의 열정
스스로 나 자신을 태워버리는 시와
사랑과 자유의 불길
살아 있는 활화산이여

풀잎 애가

태풍에도 밀리지 않는 풀밭
아무리 짓밟고 또 짓밟아도
죽지 않는 목숨
저 넓고도 푸른 목장을 보라

새벽이슬 받아 메마른 땅 적시고
붉은 산 푸르게 주린 짐승의 떼 먹여 살리고
해 지면 오갈 데 없는 벌레들의
따사하고 포근한 잠자리 마련해 주고
따가운 햇볕 가려 가냘픈 벌레들의
그늘 된 풀밭의 고마운 사랑
눈을 들어 풀 없는 광야와 사막을 보라

풀밭에 누워 한여름 땀을 식히며
밤하늘 별들을 바라보는 것이 나는 좋아라

그런데 내 이름 풀이라고
짓밟고 서 있는 너는 누구냐
이렇게 좋은 날 화사한 계절에도
보이지 않으면서 보이듯이

가슴에 흐르는 눈물

내 가슴 내 목에 낫을 대거나
칼을 대는 너는?

아무리 뽑고 뽑아도 없어지지 않는
풀밭에 뜬 무지개

날던 새도

날던 새도 떨어질 때 있다
누군가 쏘아 올린 총알에 맞아
나뭇잎 떨어지듯
훨훨 날아다니던 높푸른 하늘 두고
짖는 사냥개들
날카로운 이빨에 마지막
비행을 하며 두 날개를
접은 새

즐겁게 노래하던 새들
아름다운 노래 멈출 때 있다
그것도 모르고 그것도 알지 못하고
내가 준 모이에 묻은 농약 먹고
푸드덕 푸드덕 나는 시늉하다가
목숨 거둔 새
잘못이 내게 있는 줄도 모르고 그것도 모르고
짖어대는 사냥개에게 더 많은 먹이
주던 때

만남

먼 여행길이나
낯선 곳 낯선 땅에서
낯선 사람 만났을 때
서로 천사 만난 줄로 여겨라

무슨 일에나 후회하지 않도록
같이 길 가거나 함께 밥 먹을 때
비록 그것이 차 한 잔의
낯선 만남이라고 해도
정다웁게 흐르는 물
총총히 빛나는 별빛

그리움에 서로 만나 궂은 일 반가운 일
한 지붕 밑 살과 피 섞으며
살이기는 낯선 사람
눈, 비바람 처도 함께 햇볕 쬐는
천사인 줄 알아라

나이아가라 폭포

지구를 몇 동강이라도 낼 듯한
우람한 물줄기 쏟아내며
어느 누구의 접근도 거절한 채
숨 막히는 몸짓으로
쾅쾅 지축을 울리며 깊은 바닥에
목숨 내던진 폭포

영웅의 말로인가
사랑인가 분노인가
믿음인가 자포자기인가

타서 재가 되어도 좋고
모두를 내던져 물보라 되어도 좋은 목소리
나의 시여 노래여

섬

쪽빛
바다 목걸이 하고 있다

흰 구름 비스듬히
모자 쓰고

영원한 벗
바다에 있기에
외롭지 않은 섬
돋보이고 있다

2

바늘 끝의 천사

바늘 끝의 천사

몇 천 몇 억만 년이 지나가도
빛을 잃지 않는 햇볕
무료하거나 권태로울 리 없는 바늘 끝
바늘에 찔려도 아프지 않은 알몸의 천사
반짝이는 눈빛으로
어둠 속의 빛을 보며
앉아 있다

덫에 걸린 새

새야 새야
덫에 걸린 꿈의 보리밭길 새야

네가 펴고 싶었던 꿈
내가 꾸고 있는 꿈 덫에 걸려도
덫에 걸린 날개 접지 않은 새야 새야

찢긴 날개 펴고
늘 푸른 꿈 찾아가자

창밖 기러기

외과 수술 받고
퇴원한 뒤부터 뜸해진 외출에
내가 읽은 책의 기러기
북쪽으로 날아가고
내게는 시 쓰는 시간이
많아졌다

껐다 켰다 하는
불빛은 텅 빈 가슴의 물결 사이
또 하나의 섬으로 떠오르고
되살아난 바다의 소용돌이
생명의 기쁜 명절로 맞은
감격과 감동으로 뒤척이고
그래도 끝내 돌아오지 않는
바다 밑 내 고향 파도소리
나를 창밖으로 끌어들이고 있다

국물맛

한국 요리의 절반 이상은 국물맛에 있다
냉면 육수맛을 비롯해 된장국 사골 우거짓국
미역국
곰탕도 국물맛 설렁탕도 국물맛 갈비탕도
국물맛
명태찌개의 그 시원한 국물맛
두부찌개 해물탕 곱창찌개도
국물맛으로 먹는다

설교 맛도 글의 맛도 심지어 말까지도
잘하면
그 사람 말을 구수하게 잘한다고 한다
그렇기 때문에 우리는 인간관계에서도
신앙과 교회 생활에서도 구수한 국물맛을
내야 한다

그러나 슬프게도 그 국물맛이 바뀌고 있다

한국 사람은 맛으로 살고 있다
그러므로 그 맛을 내야 한다

저 꽃이 질 때

꽃은 활짝 웃을 때 딴 하늘 열어놓고
맺힌 시름 털어놓고 있다

꽃은 환히 웃을 때 이슬 맺힌 싱그러운 가슴
청렴한 속살 드러내놓고
티 없는 향기 품어 올리고 있다

빛이 그늘을 만들어내듯
더러는 독을 품은 꽃들
사람보다 나은 짐승과 짐승보다
못한 사람들이 모여 사는 땅
백로 속에 까마귀 떼 날고

여기가 낙원인 듯 땅 밑에서 솟아나와
눈시울 적시며 꽃이 빙그레 웃을 때
벌과 나비 꿀 찾아 모여들고 있다

저 꽃 지는 날 나도 지겠네

빈손

떠나고 싶지 않아도 떠날 채비해야지
차라리 내가 나를 벗어버리고
모든 것 놓아주고
한번 반짝임으로 어디선가
들려오는 매미 소리 들으며
그리움에 잠긴
돌아올 수 없는 바람소리
공수래공수거라기보다
빈손까지 두고 가야 하는
벌거숭이 나의 영혼
가진 것이라고는 아무것도 없어도
환한 보름달
꿰뚫어 보이는 텅 빈 마음
따뜻한 체온으로 그리운 사람
그리며 가야지

쓸개 빠진 사람처럼

우리 모두 쓸개 빠진 사람처럼
모자라는 듯이 조금씩은 비워두고 살아가세
하늘도 조금은 비워두고 땅도 바다도
다 채우지는 말고
흘러가는 강 막아서지 말고
사랑과 열정만은 자유롭게
떳떳한 마음 세워
늙은이는 젊음을 조금 비워두고
젊은이는 늙은이의 예지
머리도 가슴도 조금은 비워두고
초승달이 보름달이 되듯이 서둘지 말고 사세

사랑의 기쁨도 조금은 모자라는 듯이
조금은 비워두고 무엇에나
아쉬움 없이 부끄럼 없이 숨 쉬며
머리맡에는 책 몇 권 놓아두고
가슴에는 하늘과 바다 품고
마지막 걸음과 욕심도 다 채우지는 말고
자유로이 삶이 죽음인 듯이
죽음이 삶인 듯이 살아가세

내게는 무덤이 없다

—시신을 기증하던 날

내게는 무덤이 없다
죽음은 육체와 영혼을 풀어놓아줄 뿐

하늘나라에는 배고픔도 헐벗음도
아픔도 슬픔도 원통해하는 일도 없다 하셨으니

내가 육체를 떠나는 날
더는 無爲無食해도 배고프지 않아
그리운 사람 더욱 그리워하며
사랑하는 사람 더욱 사랑하는 일뿐이리니

살아서나 죽어서
같은 하늘의 같은 희망으로
우리 다시 만날 때까지
누구나 가야 할 마지막 길 가야 하리니

찡한 콧날
후두둑 떨어진 빗방울 소리

내가 죽은 뒤에도

내가 죽은 뒤에도 내가 살았을 때의
하늘과 땅이 있으면 나는 그만

살아서 짊어진 무거운 옷
죽어서 덧입은 돌무더기 흙더미

이집트의 피라미드와 경주의 왕릉을 보라
나는 화려한 무덤을 자랑하지 않으리니

시신을 기증하던 날 내가 벗은
나의 무덤이여

내가 죽었어도 내가 살아 있을 때의
흐르는 구름과 따뜻했던 바람소리
함께 숨 쉬던 사람들 있으면 기뻐하리니

나는 내게 무덤 없음을 자랑하리니
흙에서 와서 흙으로 돌아가면 그뿐임을

사람은 기억으로 살고

사람은 기억으로 살고 잊음으로 죽는다
병원 해부학실에 시체를 기증한
나에게는 무덤이 없다
천 년을 산다 해도 기억도 망각도 없는
한 그루의 나무는 한때 꿈꾸다
어디론가 사라진 화려한 구름일 뿐
황폐한 땅을 후줄근히 적시는
빗방울일 뿐 나무에게는
생각이 없다

나라 전체가 일본 경찰서 고등계
고문실이었던 때 태어난 나
시 쓰고 글 쓰는 날이
내가 나를 고쳐 사는 날인데
사물을 보는 눈 내부 세계를 헤아려
말하는 입이 천금 만금 같다

살아 있는 사람
웃어서 좋고
울어야 할 때 울 수 있는 최대의 행복을

짓밟히는 슬픔에 젖는
날이 가고 달이 길어질수록
가슴에 쌓이는 아픈 시간들이
지나가는 바람에 낚이우고
달래며 흐르는 강이 씻어내고 있다

깊이 잠들어 있을 뿐이다

숨도 쉬지 않고 아기자기 모여 사는 무덤들
내게는 무덤이 없다
황홀하게 꽃 피기도 힘들지만
눈부시게 죽기가 더 두려운 저녁노을이여
화려할 수도 처참할 수도 있는 바람과 구름
또 그와 같은 세상에서 노욕 없이
폐허의 앙상한 기둥이나 벽으로만 서 있는
장엄한 고대 도시들

나는 병원 해부학실에 깊이 잠들어 있을 뿐
말없는 하늘과 울창한 나무숲과
아름다운 공원 벤치도 없이 노곤한
하오의 병실에 잠들어 있을 뿐
내게는 무덤이 없다

우리 모두의 기도인 자유와 평등과 부요
열매를 보아 사람을 안다고 했다
듣기만 해도 콧날이 시큰거리고 눈시울 뜨거워지는
의인과 성자들의 낙조
저렇게 아름답고 싶은 날들

밤에야 반짝이는 반딧불이

깊이 내가 잠들어 있는 여기가
낮인가 밤인가
말없는 한숨과 눈물
통곡으로 지키고 있는 영안실
백 년이 가도 천 년이 가도
하루 같은 여기

영원한 안식과 휴식이 있을 뿐
다툴 일도 속이고 속는 일도 없고
그저 잠들어 있을 뿐

나도 이제는 물 한 모금 마시지 않고도
40주야 기도 힐 수 있다
밤에도 낮에도 열려 있는 하늘과
광야
이제는 나도 언제 어디서나 지치지도 않고
하늘 높이 두 날개 펴고 훨훨 날아다니는
독수리처럼 부드럽고 시원한 바람 타고

날아다닐 수 있다

사나운 짐승보다 더 사나운 짐승들에게
길을 열어준 양의 무리들
검은 구름 속 천둥 번개를 끄집어내어
어둠의 장막 태우고

나의 남은 마지막 봉사
내 시체를 병원 해부학실에 맡기고
나는 잠들어 뛰던 가슴 쉬고 있다

꽃과 풀 같아서

사람은 누구나 가야 할 길과
가서는 아니 되는 길이 있다
사람은 누구나 올라가야 할 나무와
올라가서는 아니 될 나무가 있다

사람은 누구나 앉을 자리와
앉아서는 아니 되는 자리가 있다

사람은 누구나 넘어서야 할 강과
건너서는 아니 될 바다가 있다

사람은 누구나 꽃과 같아서
피어서는 질 때가 있다

사람은 누구나 풀과 같아서
자라다가 뽑힐 때가 있다

흙은 흙으로

나의 의지와는 관계없이
아침이 오고 밤이 가고
제 궤도를 돌아가는 지구와 수백 수천억의
반짝이는 별들
새들도 나의 예상과는 달리
저 날고 싶은 곳으로 날아가고 있다

하늘에 뜬 구름은 내 안에서도 떠오르고
들에 부는 바람 또한 내 가슴속에서도 불고
잠 못 이루는 바다에
뒤척이는 파도는 내 마음에서도 뒤척이고

보이는 하늘과 보이지 않는 하늘 저쪽
이렇게 높푸른 하늘 밑에서
모두가 내 생각과는 상관없이 천 갈래 만 갈래 흐르는
강은
바다로 바다로만 흘러들어가고
메마른 땅 후줄근히 적시는 빗줄기

풀잎 하나도 내 뜻과는 다르게

뿌리는 아름드리나무로 자라고
땅속에 파묻힌 꽃씨는 꽃으로 피어
뿜은 꽃향기 더 멀리 달아난 하늘 두고
꽃은 꽃으로 흙은 흙으로 돌아가고 있다

발자국 소리

등 뒤 쫓아오는
가인의 발자국 소리
타오르는 핏덩어리

내 기억의 밑바닥 훑으며 켜놓은 깜빡이
정지 신호도 무시한 채 뒤쫓아 오는
살기등등한 가인의 발 빠른 차바퀴 소리

온몸에 퍼지고 있다

사형 선고

의사들은 환자의 병세가 나빠질수록
보호자의 표정을 살핀다

의사들은 환자의 죽음이 가까워지면
사형 선고를 환자 아닌
보호자에게
맛있는 음식 많이 사드리세요, 하고는
씁쓸한 표정, 먼 하늘을 바라본다

맛있는 음식을 앞에 놓고도 입맛이 없다며
수저를 놓는 환자 앞에서
쓰디쓴 눈물
높은 벼랑에서 떨어진다
가장 예리한 칼에 찔린 듯
가장 무서운 단 한마디 말에 넋을 잃고
모두의 몸이 얼어붙는다

자물쇠

보라 강에서 강의 고리가 풀리고
메에서 메의 빗장 열리고 있다

보라 구름에서 구름
바람에서 바람의 사슬이 풀리고
하늘에서 하늘의 창이
열리는 소리 들리고 있다

내게서 나를 풀어주기 위해
삶과 죽음이 갈라서고
길에서 길
자물쇠에서 자물쇠가 놓이고 있다

목이 타는 해

모든 샘과 강을 핥아먹고도
목이 타는 해
바다에 뛰어들고 있다

눈물도 마르고 웃음도 사라진 들판에
버려진 시체들
검은머리독수리 떼 모이고

남아도는 사람들이
가는 곳마다 넘치는데
까맣게 타들어가는 마음

돌 하나에 별 하나씩 박히고
하늘과 바다에 하나씩 뜨는 해

내가 자고 깨는 발자국마다
모래 바람에 묻히고 있다

내가 새고 있다

앙상한 내 손가락 사이
모래와 바다가 새고
구름과 바람
하늘과 땅이 새고 있다

모아들이면 모아들이는 것만큼
끌어들이면 끌어들이는 것만큼
앙상한 내 손가락 사이
생각과 목숨이 새고
마침내 내가 새고 있다

가을

문틈에 낀 낙엽 하나가
하늘 가리고
바다를 덮고
천군만마 달리는 소리 내고 있다

바람 타고 그네 타는
낙엽 하나가 옆구리에 번개를 일으키며
천둥소리 낼 때
다른 낙엽들은 불길 속에 뛰어들어
마지막 만국기 흔들고 있다

이제부터 웬만해선

이제부터 웬만해선
높은 메도 높은 메로 보이지 않을 것이고
황금도 황금으로 빛나지 않을 것일세

이제부터 웬만해선
꽃도 꽃으로 보이지 않고
보석이 보석으로 눈부시지 않을 걸세

그런데도 슬픔은 슬픔으로
아픔은 아픔으로 아물지 않는 못 자국으로 남고
이웃을 위한 지극히 작은 정성과 진실에
콧날이 시큰거리고 눈시울이 뜨거워지고 있다

아무리 세상이 변하고 역사가 달라진다 해도
바뀌지 않는 착한 사람들의
착한 마음씨와 어둠과 빛
출생과 죽음
죽음과 부활은 어디서나 맞물려 돌아가는 바퀴
엇갈리는 희비
아침저녁 하늘을 붉게 물들이는
노을의 아름다움이 나를 짓누르고 있다

지구 밖으로 뻗은 나뭇가지

지구 밖으로 뻗은 나뭇가지
지구 밖으로 뻗어나간 내 다리

머리가 곤두서고
내가 자라는 키만큼
내가 자라는 팔다리만큼
좁아지는 지구

별과 별에 두 팔과 두 다리 쭉 뻗고
한잠 자고 싶다

민들레

죽어서 승천하는
꽃
민들레

내가 죽어서 민들레로
피는 것이 다시 사는 길이어니

병실에서

너는 원통하지 않은가
다 지은 밥에 재를 뿌릴 때

너는 억울하지 않은가
네가 세운 깃발
누군가 억지로 내릴 때

너는 허망하지 않은가
평생 애써 가꾼 꽃밭
개들이 짓밟고 지나갈 때

너는 즐겁지 않은가
병실에서 살아 나올 때

낙엽

낙엽은 비켜설 줄도 안다
바람 부는 날 비켜서지 않으면
오가는 사람들에게 짓밟히거나
어느 막다른 골목
궁지에 몰려 쓸쓸히
웅크리고 앉은 일그러진 표정보다는
차라리 불에 태워지는
즐거운 꿈
꿈꿀 줄도 알고

쓸쓸한 낙엽은
짓밟힐 때마다 꿈틀거리며 소리 내어
바람을 일으킬 줄도 알고 있다

하루살이

천 년이 하루 같고
하루가 천 년 같은
하루살이

눈사람

나는 내가 눈사람 되기까지
펑펑 쏟아지는 눈을 맞고 있다

화산이 터져 화산재에 묻혀 있다가
일천 년쯤 지나
뭇사람 앞에 벌거숭이로 드러난
봄베이 시의 어느 한 사내처럼
나는 죽어서 어떤 모습일까 생각하며
나무 한 그루 없는 허허벌판의
눈사람 되기까지 온몸으로
나는 펑펑 쏟아지는 함박눈
맞고 있다

한번의 찬란한

한번의 찬란한 무지개 떠올리기 위해
폭포는 밑으로 밑으로만 떨어지고 있다
오장 육부 쏟아놓고 있다

떨어질 때마다 지축을 울리는 소리
쏟아질 때마다 터지는 가슴
깨지고 부서지고
찢기어 긁히는 마음

오직 한번의 눈부신 무지개 그리기 위해
더욱 힘차게 폭포는 쏟아지고
더욱 속 시원히 부서지고 있다

가슴 훑어 내리는 물줄기
튕기는 물방울
폭포는 아낌없는 죽음으로
생명의 화려한 무지개 만들어내고 있다

가뭄

천 년 가뭄 끝에
구름 한 점
비 실어 오고 있다
타는 가슴
정말 이제는
다 풀리는가

내 가슴에 울리는 빗방울 소리

한강을 바라보며

내가 사는 여기
파리의 센 강보다 넓은 한강이
내 가슴속 깊이 쓰다듬어 흐르고 있다
간밤에 내린 봄비에 닦인
동창에 뜨는 해
하나이기를 바라는 마음
하나의 세계로 늘 푸르고 싶은
강과 바다
서로 낯설지 않아서 좋은
흙의 사람들이
아프게 지나온 날들이
이제는 허둥대지 않아도
착하고 아름다운 풍경으로
길이 되고 진리 되어
끝없는 푸른 하늘과
늘 푸른 땅의 한 줄기 빛
한강이 흐르고 있다

나의 위는

나의 위는 약주머니
밥 없이는 못 살아온 위에
이제는 이런저런 약들이
나의 위를 채우고 있다

세상엔 하도 신기한 일
놀랍고도 슬픈 일 하도 많아
거꾸로 세운 도시
반대쪽으로만 가는 사람
또 그렇게 오는 사람도 많아

어느 날 단두대 위에서 아침 이슬이 된 전제 군주
어느 날 끓는 솥에 던져진
예언자 시인도 있고
바로 서려 해도 그냥 두지 않는
회오리바람에 덜컥 쓰러진 거목도 많아
살얼음 위를 가듯 걸어가는 사람
적당히 눈치 보며 제 배만 채우고
으스대는 사람
쓸개 없이도 사는 사람 많아

그래서 위만 넓어진 사람도 많아
그래서 웃을 수도 안 웃을 수도 없는 세상이라네

푸른 벌판

요새 내 몸은 전쟁이 지나간 폐허 같다
수술 칼이 지나간 가슴에는 철조망이
쳐져 있고 여기저기
뚫린 못 자국
조금만 피곤해도 부르트는 입술과
면도칼에 베인 얼굴

훤히 밝은 동창을 향해
나무도 자라고 난초 잎도 피지만
이 넓은 세상에서 내가 빠져버린
시간의 거품들

지금 내 생애는 전쟁이 끝난 폐허에서
총칼에 할퀸 상처 어루만지며
볕이 드는 푸른 벌판 향해 걸어가는
부상병 같다

눈물

몇 번의 죽음의 고비 넘기고도
살아남은 기쁨과 감사
억울하고 원통할 때의 눈물보다
행복할 때 더욱 뜨거운 눈물 쏟아지고 있다

차라리 이리 가죽을 쓴 양이기를
내가 남을 생각하는 마음
내가 나를 사랑하는 만큼의
더도 덜도 아닌 날
일렁이는 빛의 속살인 눈물

새로운 세상을 여는 축제의 즐거운
한마당이 되고 있다

내가 여기 이렇게 실존하는 모습
새 천 년 맞아 심은 한 그루의 나무로 자라
마르지 않는 눈물 한 방울 남기지 않고
삼킨다 해도 나는 아낌없이
넓고 깊은 바다로 흘러가리라
빠져들리라

중환자실

수술대에서 중환자실로 옮겨진
나는 잠시 눈을 뜨자
가라앉은 피로
아무 갈등 없이 높은 계단으로
인도되었다
그때 어디서 왔느냐고 묻기에
한국에서 왔다고 했다
그럼 교단은 무엇이냐고 하기에
개신교파라고 했더니
여기는 천주교도만이 들어오는 곳이니
다른 곳으로 가보라고 하기에
한참을 두리번거리다가
열린 문 안으로 들어갔다
이번에는 네 교파가 무엇이냐 묻기에
장로교라고 대답했더니
여기는 감리교인들만 오는 곳이므로
다른 곳으로 가보라기에 또 한참 헤매다가

전신 마취에서 깨어난 중환자실에는
여기저기 신음하는 사람들의 앓는 소리로 들끓고 있었다

바람처럼 구름처럼

야생마의 고삐를 놓아, 초인처럼
백마 타고 끝없이 빈 들 달리게 하라

물과 바다 건너 또 물과 바다
하늘 너머 높은 메와 또 하늘과
높은 메 지나
내가 바라는 새 하늘과 새 땅의
천둥 번개 거둬내고
미친 파도 다스리는 미풍

내가 그리는 해와 달과 별
한 사람의 의인을 만나기까지
가시밭 지나 끊긴 다리 놓고
가없이 푸른 들판 고삐 놓아
바람처럼 달리게 하라
구름처럼 흐르게 하리

해는 져도

나는 내 생애의 마지막을
짙푸른 동쪽 바다 붉게 물들이는 새벽노을
슬프지 않은 한 폭 그림 걸어놓고
벗은 발로 잔잔한 바다 위를
하늘로 걸어가고 싶다

비가 와도 젖지 않고
눈보라 휘몰아쳐도 내 영혼
한여름의 무성한 나무숲으로 자라
아무도 눈치 채지 못하는 길
이겨낸 괴로움과 슬픔 또한 큰 영광이며
미래만이 희망임을
잔잔한 바다에 큰 파도 일으켜 세워
모래밭에 부서지고 싶다

우리는 구름을 보고 구름이라고 한다
하늘과 땅과 바다
무지개와 폭포를 또한 그렇게 부르고 있다
삶과 죽음도 그렇게 말할 뿐
보이지 않는 것도 보듯이 살아가면

멀지 않은 죽음

해는 져도 사람은 누구나
백 가지 열 가지로 살아 있다

문

문은 열릴 줄도 알고
닫힐 줄도 알고 있다

속 시원한 바람이라도 불어오면
문은 즐겁게 몸을 흔들기도 하고
부르르 떨며 노래하다가
혼자 중얼거리기도 한다

걸린 문빗장
문빗장을 벗겨라

문은 가둘 줄도 알고
풀어놓을 줄도 알고 있다

다시 사는 세상

딴 세상 보기 위해
뜬구름 물보라 일으키며
억센 가슴 아슬한 벼랑에서
떨어져 내리는 폭포 있다

다시 한번 환하고도
찬란한 웃음 웃기 위해
내 마음 모란이 피고 저마다 가는 길

다시 한번 우러르는 하늘과
가슴 깊이 품은 땅 강들은 흐르고
들마다 피는 들꽃이 나를 적시고

살아서 좋은 세상 죽어서도
좋은 세상일 서라는 큰마음
크게 먹은 꿈 이루기 위해
미루어놓은 세상 잠 못 이루는 바다
마음 열어놓고 있다

있어야 할 가난이라면

가난이여
그것도 있어야 할 가난이라면
한 폭의 명화로 오든가
천 년쯤 한번 피는 꽃으로 피어나
높푸른 봉우리 밝은 목소리여라

흐렸던 하늘 말끔히 개어
오직 하나의 태양으로 떠올라
꽃망울 새록 피는 누리

죽음이여
그것도 있어야 할 죽음이라면
온 하늘이 떠받들 한 그루의 나무
아침 해에 굽이치는 강산
구름 너머 숨 쉬는 조용한 호수여라

내 침묵의 종소리

이 세상 어느 것 하나 머무는 일 없이
구름 따라 구름
바람 따라 바람이 가고
눈길 따라 눈이 오면
조금은 환해진 세상에서 바위 속의 바위
돌 안의 돌들이 숨 쉬며 어둠에 묻히고
내 침묵의 종소리
빛 따라 빛이 오고 있다

그리움은 그리움으로
기다림은 또 다른 기다림으로
모두가 시간 따라 시간이 가고
어디론가 가버린 내 주변 사람들

사랑은 또 사랑의 꿈으로 무거운 짐
지게 지고
자유를 향한 잿더미
알몸에 날개 달고 타버린 가슴
오늘도 꺼지지 않는 불꽃으로 피고 있다

세월

나이를 먹을수록
뛰는 말에 채찍 들고
뒤쫓아 오는 세월
비켜갈 수도 비켜설 수도 없는
나날
차라리 눈멀고
귀먹고 싶어라

한풀씩 꺾이는 지구
살점 뜯기고 있다

불의 축제

불을 다오
활활 타오르는 불을
내 생명에 붙여다오
하늘도 타고 땅도 바다도
나도 타오르는 불길에 휩싸여
모두가 불바다가 된 우주의
밝은 빛을 다오

꽃과 나무의 잎마다 아침노을로
타올라 손짓하는 길목에
넘실거리는 바다
건져낸 부끄러움과 허물 재로 날리는
불길에 타버린 시체
내가 나를 달구어낼 불을
차디찬 내 가슴에 다오

3

내 평생의 기도

갈대

뼈 없는 벌레들이 갉아먹는
시집 속의 풀잎
속 빈 갈대여
뼈 없는 강산이여

나라 잃었던 설움도 잊은 채
흔들리는 구름 속 떠돌며
헤매고 있다

내 평생의 기도

주여 내 기도에 귀 기울이소서
내 평생에 드리는 마지막 기도에
잠잠하지 마소서

우는 사람 더 울리지 않는 나라 되게 하시고
헐벗은 사람 더 헐벗지 않게 하소서
쓸쓸하고 외로운 사람들이 위로받게 하시고
굶주린 사람들에게 넉넉한 양식을 만나처럼 주소서

우는 사람과 함께 울게 하시고
웃는 사람과 함께 웃을 수 있는
넉넉한 믿음과 사랑이 넘치게 하소서

사과나무에는 사과가
복숭아나무와 배나무에는
가지가 휘어지게 배와 복숭아가 달리게 하시고

먹을 걱정 입을 걱정이 아주 없는 곳
울타리도 동산 지기도 없는
아버지의 나라 이 땅에 이루어지게 하시고

우리 모두 거짓 없이 그리스도를 본받는
성도 되게 하소서

인류 문명의 弔鐘이 울리던 날

2001년 9월 11은 인류 문명의
弔鐘이 울리던 날로 기억되어야 하리니
테러범들의 비행기 자살 공격으로 뉴욕 110층 무역센터
2동과
워싱턴 펜타곤이 동시 다발 테러로 화염에 쌓이던 날
자유 여신이 쳐든 횃불은 꺼지고
우리 모두가 공포의 도가니에 빠져든
무너진 인류 문명의 바벨탑에 깔려
아우성치며 울부짖는 아비규환의 산 자와 죽은 자들의
최악의 사태
인류의 가슴을 피로 쓸어내린 날로
기억되어야 하리니

오, 되살아난 지옥의 사자들이여
악령의 부활이여
내가 죽었다가 되살아난다 해도 이날은 절대 잊지 않으
리니
마침내 길 잃은 인간의 자랑스러운 문명이여
우리 모두 끊어진 거문고의 줄
가야금의 줄 이어놓고 억울하게 죽어간

원통한 목숨 위해 식어버린 가슴의
힘줄 다시 세워, 뜨겁게
인류 문명의 弔鐘을 울려야 하리니

벗어놓은 독재의 굴레
벗어놓은 대못의 못 자국
우리 모두 神을 벗어야 하리니
아직은 살아남은 위대한 힘으로
세계를 휘두르는 알라神 야훼神
안하무인의 독재와 物神 軍神
불교와 유교 천주교神 개신교神 힌두神 온갖 종교神
모든 이데올로기의 神을 벗어야 하리니

두꺼운 벽 우리의 사방을 둘러싸고
휘몰아치는 눈보라에 세계의 눈이 갇힌다 해도
우리의 찬란한 무지개
자유와 평등과 평화 위해
두꺼운 껍질 쇠고랑에서 벗어나
눈물이 강이 되고 통곡이 바다가 된다 해도

우리 모두 자기가 지고 있는 무거운 짐
고정관념의 神 벗어버리고

아직은 살아남은 가로등 더욱 밝히고
아직은 끊어지지 않은 우리의 사랑과
자유를 위해 잡초 속의 가시가 자라고
깊은 웅덩이 더욱 팬다 해도
도도히 흐르는 강, 무수히 부서지고
깨진다 해도 슬픔을 웃음으로
고뇌를 기쁨으로 바꾸는 능란한 솜씨
가슴 조이는 죽음의 쇠사슬 끊고
갈증을 풀어 쪽빛 넓은 바다 향해
타다 남은 가슴 몽땅 태워야 하리니

아, 오늘의 이 슬픔 이 아픔
이 어처구니없는 악령의 불길에 싸여
안타까운 나날
산 자와 죽은 자의 슬픔을 위해
다 같이 울어야 하리니
통곡하며 우리 모두의 弔鐘을 울려야 하리니

갈수록 눈부신 생명, 모든 굴레 벗고
惡神을 벗고 기나긴 터널 지나
청잣빛 하늘 두루미처럼 훨훨
날아올라야 하리니

믿음이 있을 때

믿음이 있을 때의 내가
정말 살아 있는 실존일 뿐
사랑이 있을 때의 내가 진정한
나 자신일 뿐
자유가 있을 때의 내가 참 나일 뿐

이 모두가 없는 나는 바람에 흔들리는
속 빈 갈대일 뿐
으리으리한 황금 의자와
온 세계가 나의 것이 된다 해도
잎만 무성하고 열매 없는 무화과나무일 뿐

맑은 시냇가에 긴 그림자 데리고 서 있는
목석일 뿐
몸은 토실토실해도 거세당한 쭉정이
꽁지 빠진 새일 뿐

나는 아무것도 아니라네

기도의 아침

밤이 가고 낮이 오듯이
그렇게 나의 하루가 저물게 하소서

우리가 애써 키운 열매
골고루 나누어 먹게 하시고
내가 지은 죄
남에게 떠넘기지 않게 하소서

옥토에 심은 나무마다
따뜻한 햇볕과 단비 내려주시고
흐르는 땀방울이 내 가슴에
반짝이는 보석으로
나누어 진 무거운 짐
서로가 서로에게 아침 해 되게 하소서

우는 사람
웃게 하소서

기도의 가을

봄, 여름 지나
벌써 가을입니다

황금의 누리마다 붉게 타오르는
드넓은 들판
우리 모두 믿음과 사랑의
풍성한 열매 거두어들이게 하소서

한여름의 흥분과 오만을 가라앉혀
겸손히 알몸 되어가는 기도의 가을
삶의 쭉정이와 내 육체의 검은 그림자 지우게 하시고
휘몰아쳐 오는 눈보라 속에서도
낮의 해와 밤의 달과 별 잃지 않게 하시고

언제나 막푸른 하늘 향해
이미 허문 벽과 열린 창마다
환한 당신의 따뜻한 눈빛 보게 하시고
동서남북 얼어붙은 가슴에
뜨거운 피 돌게 하소서

감사하는 마음

감사하는 마음에 볕이 드네
감사하는 마음에 열리는 드높은 하늘
오곡백과가 넘치고
황금물결 이네

우리의 삶이 우리가 바라는 것만큼 풍성하지 못하고
우리의 생활이 우리가 기대하는 것만큼
아름답고 만족한 것이 아니라 해도

감사하는 마음 넘치는 축복의 바다로세
감사하는 마음에 넘치는 향기, 은총이로세
역경 속의 감사는 누구에게나 주어지지 않는
하나님의 선물이로세

감사하는 마음은 감사하는 마음 하나로
하나님 나라 문을 여는 길잡이로세

한밤의 기도

온유하고 겸손한 생명의 가지
휘몰아치는 눈비에 꺾이지 않게 하소서

눈물 많은 세상 눈물로 닦아내고
어이없게 내 무덤 내가 파지 않게 하소서
눈이 오나 비가 오나
세찬 바람 불어와도

내가 살아남은 나날
언제나 감사하는 마음
성난 파도 잔잔케 하는 힘
내게도 허락하소서

돌이 떡이 되지 않는다 해도
실망하지 않고 동행하게 하소서

언제나 사랑하는 평화
깊은 숲으로 자라 더욱 푸른
생명의 불길 돋우게 하소서

낙원의 노래

삶이 고달프고 괴로워도
하는 일 보람 있고
노동이 즐거우면 거기가 낙원이리니

쉬지 않고 타오르는 저 해를 보라
온몸이 가루가 되어도 겁 없이
높은 벼랑에서 떨어지는 폭포
바람과 구름
쉬지 않고 일하는 푸른 숲의 바다

우는 날 있으면
웃는 날도 있으리니

서로 돕고 서로 사랑하면
인생은 그만이어라

재림

나를 찾아 울부짖으며
우두커니 서서 하늘이나 쳐다보며
원망이나 하고 무엇을 바라는
어리석은 사람들이여

한 처음부터 나의 자리는
하늘 아닌 여기
저 많은 별들 중의 지구
땅이 혼돈하고 어둠이 지구를 덮고 있을 때
빛을 주기 위해 흙을 빚어 사람을 만들고
콧구멍에 숨을 불어넣어
살아 있는 영, 아담이 태어났을 때

그의 갈비뼈에서 한 여인을
창조할 때부터 나의 자리는
하늘 아닌 여기, 내가 보기에도 좋았던
지구였네

누가 호사다마라고 하였던가
간교한 뱀이 하와를 꾀어

금단의 열매를 먹게 했을 때
눈이 밝아 하나님처럼 아담의 눈이 밝아
벌거벗은 줄 알고 아담과 하와가
나무 뒤에 숨었을 때
가인이 죽인 아벨의 피가 땅을 적셨을 때
죄악으로 소돔과 고모라가 망했을 때
노예가 된 이스라엘이 애굽에서
헐벗음과 굶주림을 참으며 울부짖고 있을 때
불의와 불법이 하늘 높은 줄 모를 때

내가 기뻐하는 나의 자리는 하늘의 보좌 아닌
여기, 고통당하는 사람의 곁이었다네

눈보라 속에 쓰러진, 헐벗고
굶주려 떨고 있는 사람에게 입을 것과
먹을 것을 나누어줄 때, 나의 자리는
하늘 아닌 여기

떨기 속의 불꽃
홍해를 가른 지팡이

나는 한 처음부터 하늘 아닌 여기
질병과 전쟁
멎지 않는 억압과 암투
짓밟힘과 눈물의 기도가 있는 곳

성난 얼굴에 웃음을 주고
우는 사람과 같이 울고
웃는 사람과 함께 웃는
하나밖에 없는 지구
늘 너와 함께 있다네

희망

낮의 해 밤의 달이 보이지 않는다고
너무 두려워 마라
실망하지 말고 밤하늘에
반짝이는 저 많은 별들을 보라

절망이 있어도 희망은 영원하다
기쁨의 날은 짧고
슬픔의 날과 달은 길어
삶이 슬프고 괴로워도 너무 아파하지 마라
꽃은 떨어지고 풀은 말라도
또다시 뜨는 해
다시 밝아오는 저 달

시련과 고통 이겨낸 희망의 가지마다
꽃은 피고 동트는 새벽이 오나니
믿고 사랑하는 미음 잃지 마라

임의 노래

나는 임이 임일 때 임이라고 부른다
해가 해일 때 해라 하고
꽃이 꽃일 때 꽃이라 부르며
구름이 구름일 때 구름이라고 말한다

피맺힌 생명
쉴 새 없이 휘몰아쳐 오는 눈보라와
비바람 맞으며 몇 억 몇 십억의 굽이치는 바다와
끝없이 불어오는 바닷바람의 사이사이
목을 놓아 부르는 이름
자유가 자유일 때 자유라 부르고
사랑이 사랑일 때 사랑이라 부르며
하나의 조국 자유 위해
더 많은 눈물 더 많은 죽음을
걸러내고 있다

불씨

불씨 하나를 지키기 위해
재가 되어도 잃지 않는 노래 부르며
너의 벽이 되어도 좋고
울타리 되어도 좋다

어둡고 슬픈 장막
짓눌리고 짓밟혀도 독수리처럼
높푸른 하늘 훨훨 날며
피어나는 기도와 함께 심장이 터져도
슬퍼하지 않으리니

내게 있는 모든 자랑과 기쁨이
가루가 된다 해도 꺼지지 않는 생명
불씨 하나를 지키기 위해
지금 죽는다 해도 희망 잃지 않으리니

입었을 때보다 홀랑 벗었을 때
더욱 눈부신 해
모든 사슬 풀어버린 은총이여
내게 남은 마지막 사랑
자유여

못 자국

시 쓰다 말고 나는 나의 두뇌와 눈
귀와 입 안을 맑은 물에 헹구고 있다
아니다. 시 쓰다 말고
나는 나의 핏줄 울리는 거친 나의 숨결 가다듬으며
뒤틀린 거문고의 줄 고르고 있다

아니다. 나는 모든 시의 깊은 바다와
하늘에 빠져들고 있다
높은 벼랑에서 떨어지는 폭포 소리에
넋을 잃고 있다
여기저기서 풍겨오는 백합화의 향기
한여름의 푸른 나무숲에 물들어
영원을 향한 숲길의 새가 되고 있다

아니다. 나는 시 쓰다 내 가슴에 박힌
못 자국과 내가 달린 사형틀
내 몸에 흐르는 땀방울과 피를 닦아내고 있다

아니다. 나는 시 쓰다 말고 짓눌린 땅
갓 태어난 아기의 첫 울음소리에 깜짝 놀라

깊은 잠에서 깨어나고 있다

나는 시 쓰다 돌과 바위
높은 벽에 이마받이하고 있다

초인

꿈속의 새들이 노래하는 사이
바람이 불고 바람이 잠들기 전
인터넷 타고
우주의 여기저기 수많은 은하수의
강 따라 뱃놀이하다가
번개보다 빨리 화성이나 목성
한 바퀴 돌아
마시던 커피 마시고 잠깐 쉬어도
남은 시간
프랜시스 잠의 나귀 빌려 타고
불꽃 튀는 중동
동예루살렘 통곡의 벽 찾아보고
지중해 육지로 서울에서 낮잠 자다가
달나라로 가서 꽃 한 송이 심어놓고
돌아올 수 있다

광야 지나 백마 아닌
인터넷 타고 온 초인
새 천 년 열어놓고
세계를 하나의 마을로 끌어들이고

국경도 인종도 어른 아이 없이
다른 태양계까지도 아득한
다리 놓아주고 있다

착한 농부들

돌과 자갈, 잡초를 뽑아낸 논에
물을 대고 벼를 심어
알곡을 거둬들인 착한 농부들

겨울 지나 조심스레
이 봄에도 논두렁의 잡초
불태우고 있다

활활 타거라
해충의 무리들

지상 천국

밥그릇에 밥
국그릇에 국
반찬그릇에 반찬이 골고루 담겨
가지런히 놓인 식탁

온 식구 둘러앉아
때로는 이웃과 함께
사이 좋게 나누어 먹는 세상
지상 낙원일세

모든 강은 막힘없이 바다로 흘러들어가고
바다는 갖가지 어족을 키우고
땅에 뿌린 씨 알곡이 되어 곳간에 넘쳐 차서

남의 밥그릇 서로 넘겨디보지 않고
남의 수저 탐내지 않는 곳

내가 하는 일
노동이 즐거우면 거기가 지상 천국일세.

불꽃

나는 사랑한다
그러므로 나는 존재한다
나는 내 생애의 전체를
하나의 불꽃으로 태우며
기름을 붓는다
영원히 꺼지지 않기 위해

나는 믿는다.
그러므로 나는 존재한다

서울의 당나귀

나는 머리 둘 곳 없는 시인의 당나귀외다
가난한 별들의 골목길
굽이치는 달빛 아래 불안한 마음 달래며
넓은 길 빠른 길 다 두고 쫑긋 세운 귀
꿈과 현실 사이 무거운 비바람 견디며
넘치는 향기의 숲 속
밤하늘 환하게 큰 욕심 없이
빛나는 아름다움 향해
꼿꼿이 접어든 얼얼한 가슴의
똑같이 놓인 낯선 곳
조금은 색다른 언덕 너머
생각의 작은 종려 가지 흔들며
줄기 타고 흐르는 빗소리
머리 푼 나뭇잎들
구름 타고 오시는 시인의 새 출발 실어 나르는
고시식한 당나귀
먼지 이는 길 터벅터벅 걸어가는
나는 말없는 당나귀외다

너희는 편히 쉬어라

수고하고 무거운 짐 진 사람들아
너희는 가서 편히 쉬어라
십자가는 내가 지마
가시관도 내가 쓰고
손과 발에 대못도 내가 받으마

의인을 돌로 치고
무덤이나 꾸미며 겉모양 꾸미기를 좋아하는
바리새인들아
아브라함이 우리 조상이라 하지 마라
그의 죄로 나는 또다시
골고다로 가야겠다

속죄양

참으로 마음도 좋으시지
자기를 십자가에 못 박아 죽인
원수도 살려내고
오늘 있다가 내일이면
아궁이에 던져질 들풀도 아끼시는 이
정말 사랑도 많으시지

나의 새벽 같은
나의 새 하늘과 새 땅과 같은 이

이 세상에 있는 그 많은
먹기 좋은 것들
향기롭고 다디단 것들은
모두 우리가 나누어 먹게 하고
황폐한 땅
풀만 골리 먹으며, 섟과 실코기
털과 가죽 내장까지
가진 것 다 내어준 속죄양이여
나의 사랑 어린 양이여

타작마당

타작마당의 알곡만을 거두지 마라

쭉정이도 타는 날
불꽃 튀고 있다

광야

터진 가슴으로
영겁의 하늘 열어놓고
흐르는 물소리 기다리는
광야
목 놓아 울고 있다

아침의 바다

삶이란 꺼졌다가 되살아나는
불길 같은 것

닫힌 문이 열리듯이
노한 바다 가라앉듯이
덧없다가도 가득 차오는
그 누구나 그려보는 아침의 바다

바다 건너 뭍이 보이고
겨울 지나 봄
바로 여기가 약속의 땅
천국인데도
눈치 채지 못한 꽃가마 두고
쓸쓸히 괴로움에 차서 비켜가는 파도 같은
삶이란 단맛보다 쓴맛이 많아도
살아본 뒤에야 알 수 있는 것

길들여진 야생마
뛰는 말의 고삐 잡은 기수 같은 것

새해 새 아침

묵은해 잠재운 새벽
눈뜨면 새해 새 아침입니다

저기 휘영청 밝은 하늘과
두둥실 떠오른 아침 해와
넘실거리는 바다

우리 모두 꽃향기 날리고 새들이 노래하는
넓은 들로 갑시다

가슴에 해를 잉태한 사람은
밤도 대낮입니다
새벽길에 이미 들어선 사람은
아무리 깊은 밤도 두렵지 않을 것입니다

묵은해 잠재우고
새해의 새 아침 손에 손잡고
우리 모두 벌과 나비 춤추고 양 떼들 꼴을 먹는
저 넓은 들 넓은 하늘로 갑시다

새해 새날

내가 살아 숨 쉬는 하루하루가
새해 새날일 뿐
따로 새해가 없다
어제 뜬 해가 오늘
또다시 떠오르고
오늘 지는 해
내일 또다시 질 뿐
내게는 내가 잘 먹는 날이
나의 생일이듯이
내가 살아가는 하루하루가
새해 새날이기를 기도할 뿐
내게는 또 다른 새해가 없다

물 흐르듯이 흐르는 시간
짐승들이 철 따라 털갈이하듯이
내가 벗고 싶은 허물과 죄
벗어버린 묵은해의 종소리 울릴 때
문턱을 넘어선 새해 새날의
광채 속에 예사롭지 않은
또 다른 새 출발

내가 숨 쉬는 하루하루가
새해 새날
내 마음에 드리운 검은 그림자 지우고
찬란한 아침 햇빛 받아들이는
열린 마음
넓은 창이 있을 뿐

네 개의 방

내가 살고 있는 우리 집에는
네 개의 방이 있다
하루 또 하루 시간마다
나를 불러내는 용기와 기쁨
맑은 샘이 졸졸 흐르는
그 이름 모르는 어떤 곳도 겁 없이
나서는 길
아무도 거절할 수 없는
네 개의 꽃다발 놓인
믿음 소망 사랑, 그리고 자유
나만이 아닌, 인류 모든 사람이 들어가도
차지 않는 네 개의 방이 있는
한 채의 집이 우리에게 있다

땅에 묻힌 밀알

한 편의 시를 위해 산으로 가리라
아니다
바다로 가리라
그것도 아니다

있는 사랑 아끼지 않고
있는 용기와 자유 숨기지 않고
내 목숨 눈부시기 위해 들로 가리라
아니다
꽃과 나비와 풀잎에서 놀리라
그것은 더욱 아니다

닫힌 문을 열기 위해
없는 길 내기 위해
익은 일매 거둬들이기 위해
나를 쳐서 보습을 만들어 묵은 땅 갈리라
땅에 묻힌 밀알 되기 위해

너, 사람아

말도 많고 탈도 많은
너, 사람아 어디 있느냐 어디 갔느냐
기쁨으로 태어나
뭇 생명 가슴 태운
가쁜 숨결
온 천하보다 큰 사람아

펄럭이어라
넓은 바다 큰 파도 타고 물결쳐라
무분별한 사랑과 자유 덮어두고
찬란한 새벽
무거운 멍에에 짓눌려도
다시 떠오르는 하늘
너의 희망 너의 자유 위해
힘차게 펄럭이어라
깊은 바다의 큰 물결 날개치라

오직 한번만의 목숨
우주보다 큰 사람아

빛과 소금

주여 우리 모두
캄캄한 밤길의 빛 되게 하소서

썩어가는 생명의 소금
우리 모두 입맛 나는 살맛의 소금 되게 하소서

낮보다 밤이 긴 겨울잠에서 깨어나
우리 모두에게 찾아온 은총의 봄
맛 잃고 빛 잃은 생명의 빈 터마다
향기로운 꽃으로 피어나
황폐한 들 밝히게 하소서

피가 흐르도록 내 허물과 죄 내가 다스리도록
내 채찍 내가 들게 하시고
어쩌다 맛 잃어버려진
소금 되지 않게 하소서

교황님 포도주나 한잔……

하늘이 밝았습니다.
새 하늘과 새 땅이 열렸습니다
교황 요한 바오로 2세님
마르틴 루터 님을 모시고
이제 어깨 위의 무거운 짐 내려놓고 푸른 갈릴리
호수가 보이는 창가에 앉아 포도주 한잔 드실까요?
무덤이 열리고 이천 년 만의
웃음소리 들립니다
닫혔던 문과
높이 세웠던 이천 년의 벽이 무너지고
얼어붙었던 강이 풀려
노여움에서 벗어난 바다
덩실덩실 춤을 추고 있습니다.

보십시오
황금빛 승리의 나팔 소리가 들립니다.
이천 년 가뭄 끝의 단비에 타던 목 축이고
돌뿐인 바위뿐인 가시덤불뿐이던 땅이 옥토가 되고
앉은뱅이 일어서고 있습니다
나의 사랑 나의 희망

눈뜬 아담과 하와가 입 맞추고
뜨거운 피 돌아가는 심장의 맥박 소리
내가 가고 싶은 곳 어디나
종려나무 가지 흔들며 나귀 타고 오시는 이
하늘의 큰 잔치 벌어지고
훨훨 새 천 년 날아다닐 두 날개 달고
우리 모두 알몸이 되어 있습니다.

* 교황 요한 바오로 2세가 사순절 미사를 통해 "우리 가톨릭은 지난
이천 년간 기독교도들 사이의 분파와, 진리를 추구한다는 명목으로
행한 폭력, 그리고 다른 종교를 추종하는 사람들에게 보여준 적대적
인 의식 등에 대해 용서를 구하고자 한다."는 보도를 읽고.

두려워 마라

길은 멀고도 가까운 데 있다
모두가 어울려 사는 가난한 사람들의
고달픈 삶의 골목
홀연히 떠오른 목소리

다윗의 자손 요셉아 두려워 마라
마리아가 잉태하여 아들을 낳거든
그의 이름 예수라 하라

억눌리고 짓밟힌 땅
파랗게 질린 얼굴에 환한 웃음
꽃이 피리니

활활 타는 불길
온몸에 해와 달과 별을 달아
깨어나는 조국
크게 기뻐할 날 동터 오리니

두려워 말고
마리아를 네 아내로 맞아들이라

천국행 버스

다시 펴든 새 천 년의 새 하늘과 새 땅
천국에 오시려면 0번 버스를 타십시오.
모든 가난과 온갖 시름 두고
밝아오는 새 천 년의 아침
꿈인 듯 황홀한 마음
모두가 눈부신 햇살 안고 오십시오.

밤하늘 가득 떠 있는 하나님의 편지
찬란한 별들을 보십시오.
수억 수십억의 비밀과
하나님의 E-mail 담긴 운석

징검다리 새 천 년을 딛고, 오늘도
살아 있는 목숨 은총의 잔 들고
누구나 하나님께 히듯
인제 믿나도 늘 반가운 이웃으로 오십시오.
성큼성큼 다가서는 사랑의 눈빛으로

외양간

나는 새 천 년의 구세주 누인
외양간의 구유이고 싶다

피부색은 달라도
주고받는 말과 글은 같지 않아도
모두가 아름다운 한 폭의 그림이어야 할
하나의 지구

얼어붙은 땅에 군불 지피며
찬바람 막아주는
두꺼운 벽
나는 메시아의 나귀이고 싶다
싱그러운 아침 이슬방울이고 싶다

빈 무덤

이스라엘로 가지 마라
그곳은 십자가에 못 박혀 운명하신
예수의 억울한 피로 흠뻑 젖은 땅이니

예루살렘에도 가지 마라
그곳은 죄 없는 예수에게 사형을 언도한
빌라도의 법정이 있던 곳이니

겟세마네에도 가지 마라
그곳은 은 삼십에 예수를 판
가룟 유다가 예수에게 입 맞춘
배반과 치욕의 땅이리니

그래도 이스라엘에 가고 싶으면
예수의 빈 무덤
부활의 땅으로 가라

보이지 않는 손

피 묻은 손 밧줄 풀고
지금도 내 영혼의 요람 흔드시며
나를 다독거리는
보이지 않는 약손에
천 년 묵은 체증 내려가고 있다

가고 싶어도 갈 수 없는 땅
가슴에 사무쳐
목이 메어 부르는 이름
눈물의 샘
어머니시여

휴전선 사이에 두고
방아쇠 당겨 콩 볶는 소리 들리면
아물지 않는 상처마다
시름만 커지는 땅의 끊어진 팔다리에 매달려
질질 끌리는 통곡 소리

깊은 숲 속
어미 잃고 아비 잃은 새끼들이

깊은 잠에서 깨어나 뒤척이는
우리의 슬픈 산하여

보이지 않는 손 보이지 않게
찢긴 땅 흐르는 피 닦아 보이고 있다

두 번째 종교 개혁

열 명 중 아홉은 도둑이라고 해도
할 말 없는 빚진 마음
갈라선 나라에서 건너야 할
홍해도 건너지 못한 채
고삐 풀린 죄와 벌의 가시밭에 눌러앉아
썩은 심장의 고름 짜내며
강도의 소굴인
성전에 불을 질러라

간악한 흉계의 흉터 찾아 잘라내고
뒤엉킨 죽음의 관절마다
특호 활자의 자물쇠 열어
썩은 피 위에 놓인 마른 장작에 불을 댕기고
원죄의 돌림병으로 터진 상처마다
소금 뿌리고

남의 것을 빼앗은 일이 있으면
열 배나 갚아라

손과 발이 죄짓거든 찍어버리고

눈이 범죄하거든 빼버리라 하셨거니

음탕한 마음에 돌을 던져라

멋진 사람

1

예루살렘에서 여리고 가는 길
우는 사람 더욱 울리고
헐벗고 굶주린 사람 더욱 굶기며
가진 것 모조리 빼앗은 다음
강도들이 길바닥에 버린 사람 보고도
그냥 지나간 제사장과 레위 사람들의
허물 덮어주며
죽을 뻔했던 사람 살려낸 사람
얼마나 아름다운가

2

의에 건 목숨
사랑과 구원 위해 십자가에 못 박히고
어둠을 뚫고 빛으로 가는
가시밭길

가는 걸음걸음 남의 무거운 짐 지고
죽어서 다시 사신 이
보는 가슴 떨리고 피눈물 쏟아져도

멋있지 않은가

말하는 꽃

말하는 꽃이
내 안에서 태어나고 있다
먼 하늘 물방울에 쌓여
일곱 빛 무지개 타고 내려와
홀로라도 그대 사는 곳 찾아내어
사랑하며 사랑받는 이웃들
모여 사는 소란한 도시의 사랑받는
꽃 되어 아무 후회 없이 살다가
후회 없이 죽는 꽃

꽃으로 태어나 꽃 이름에 합당한
꽃으로 피어 한세상 싫었던 일
좋았던 일 아팠던 일까지
모두에게 감사하며 사랑한다고
말하는 꽃이
나를 꽃 피워내고 있다

새 천 년의 기도

1

사랑의 주님
우리 모두 하나 되게 하소서
가족을 사랑하되 가족주의자 되지 않게 하소서
교회를 사랑하되 교회주의자 되지 않게 하소서
집단을 사랑하되 집단 이기주의자 되지 않게 하소서
정치를 하되 정치에 매이지 않게 하시고 신앙을 가지되
신앙의 노예가 되지 않게 하소서
사랑하되 사랑의 상인이 되지 않게 하시고
체면 때문에 위선을 하지 않게 하소서

2

나라를 사랑하되 편협한 국수주의자 되지 않게 하시고
우리 모두에게 골고루 필요한 것만큼의 돈과 양식을 주
소서
지금 집 없는 사람들에게 거처할 자리를 주시고
직업이 없는 사람에게 적당한 직업을 주소서

3

우리 모두 새해에는 화해하게 하소서
남과 북이 화해하고 원수 맺은 일이 있으면
그 고리를 풀어버리게 하소서

4

대문 없고 거지 없고 도둑이 없으면 그곳이 낙원임을
깨닫게 하소서

하나님의 이름으로 불의를 행하거나 살인하지 않게 하
소서
내가 구원받는 날이 곧 하나님 나라의 시민이 되는 날
임을 깨닫게 하소서
내가 사는 곳, 내가 숨 쉬고 서 있는 땅이
약속의 땅이 되게 하시고 거짓으로
사람을 유혹하지 않게 하소서

새 천 년에는 다툼과 싸움, 전쟁과 질병, 가난과 인종차별,

눈물과 한숨, 어느 누구에게도
억울하고 원통한 일이 없게 하시고, 우리 모두
그리스도의 마음으로
참된 평화와 자유와 평등, 사랑과 믿음과 소망으로
하나님 나라 세우게 하시고 땅에 떨어져 썩은 밀알 되
게 하소서

5

사랑의 주님
우리가 이제는 역사의 지각생이 되지 않도록 새롭게 하
소서
부끄럽게도 우리는 지금까지 남의 뒤만 따라다녔습니다.
과학 분야에서나 학문상으로나 우리는 한번도 남을
크게 넘어선 일이 없었습니다.
그 결과 20세기는 우리에게 가장 큰 불행의 세기였습
니다.

21세기는 우리 모두 후진성의 벽을 넘어 낡은 옷을 벗
게 하소서

성탄의 노래

이번 성탄절에는
캄캄한 밤하늘의 오묘한 별을
슬기에 찬 눈으로 쳐다보게 하십시오

이번 성탄절에는
밤하늘에 반짝이는 별을 찾아, 찬바람에
머리카락을 흩날리며 먼 길을 떠난
동방 박사들의 황금과 유향과 몰약을 준비하여
말구유에 나신 아기를 보게 하십시오

기쁨의 낮은 얼핏 밤이 되고
낙엽이 뒹구는 쓰라린 언덕에서
일곱 빛 촛불을 밝혀 들고
멀리 잊혀져 죽은 별들이 솟아나오는
새벽하늘 따라
이번 성탄절에는 기쁜 찬송을 부르게 하십시오

행복은 연꽃잎으로 고웁게 타다가
사위어져도
적막한 강산에 황홀히 울리는

성탄절의 종소리

이번 성탄절에는
우리 모두 행복한 신랑 신부 되어
두고 온 고향으로 돌아가게 하십시오

4

어머니 생각, 고향 생각

어머니 생각

일제 때 밥은 없고
생태 몇 마리 소금물에 끓여놓은
밥상 앞에 둘러앉은 일곱 형제들이
정신없이 퍼먹는 아이들 틈에 끼어
곧은 낚시 드리우고 앉은 강태공처럼
수저를 생태국 그릇에
넣었다 뺐다 하시던
내 눈물의 샘 어머니시여

찬 서리 내리는 북녘 하늘 밑
떠나온 아들 기다리시다가 지쳐
영영 떠나신 어머니
사랑하는 나의 어머니

]

K형
나는 어머니와 할머니 동생들을 두고 1·4 후퇴 때 그곳
에서는, 더는 살 수 없는 사람들과 함께 어선 한 척을 타

고 흥남에 와서 UN군들이 철수하는 L.S.T에 무거운 마음 싣고 수많은 피난민 속에 끼어 꼬박 사흘을 굶은 채 부산에 왔습니다.

그때 나는 어머니에게 서울 다녀오겠다는 말 한마디 남기고 고향을 떠났습니다. 가진 돈이라고는 광복 후 북쪽에 진주한 소련군 사령부의 '군표' 만 원짜리 한 장이었습니다. 그것도 배에서 부산항에 내렸을 때 검문하던 헌병에게 빼앗기고 말았습니다.

1945년 8월 15일 일본왕이 UN군에게 항복하던 날은 정말 "꿈꾸는 듯"했습니다. 너무 기쁘고 좋아서 덩실덩실 춤추었습니다. 그러나 그 얼마 후 북쪽에 진주한 소련군은 내가 생각했던, 그리고 기대했던 소련군이 아니었습니다. 북한에 진주한 소련군은 한마디로 거지였습니다.

해방군으로 환영을 받던 소련 군인들은 대낮의 깡패 아니면 강도로 돌변했습니다. 누구든 길에서 만나면 양복 윗주머니에 꽂고 다니던 만년필이나 손목에 차고 다니던 시계 할 것 없이 쓸 만한 것이면 무엇이나 "다와이('달라'는 러시아 말)" 다와이 한마디 하고 뺏어갔습니다. 어깨에는 거꾸로 다발총을 메고 보란 듯이 달려드는 그들에게 우리는 한마디 말도 못하고 돈이건 귀중품이건 모조리 빼앗겼습니다.

그 다음부터는 공장에서 모든 기계를 뜯어가고 가정에서는 재봉틀, 흥남에서는 비료를, 농촌에서는 감자와 곡식을 마음대로 열차에 실어 북쪽으로 북쪽으로 압록강 건너편으로 약탈해 갔습니다.

밤이건 낮이건 집집마다 뒤지고 다닌 소련군들은 그것도 모자라 여자 겁탈에 나섰습니다. 그런 탓에 우리 북쪽 여성들은 숨어 살다시피 했던 것이 생생하게 기억납니다.

K형

내가 또 놀란 것은 길 건너던 강아지를 소련군의 트럭이 바퀴 밑에 깔아 죽인 것을 목격했을 때였습니다. 나는 이때까지 내가 어느 정도 심취했던 공산주의가 이런 것이라고는 전혀 몰랐습니다. 그 공산주의가 세운 정권 밑에 나는 더는 살 수 없다는 생각을 그때부터 하고 있다가 6·25 전쟁이 터진 후 1·4 후퇴 때 고향과 가족을 등지고 남하하였습니다. 어머니와 할머니에게는 곧 돌아온다는 말만 남기고.

그러나 나는 반세기가 넘도록 가고 싶은 고향에 가지도
못하고 두고 온 북쪽 가족들의 생사조차 모르고 고달픈
하루하루, 생각만 하면 피눈물 나는 세월만 보내고 있습
니다.

2

6·25 전쟁 당시 나는 평양 신학교에 다니고 있었습니다.
그때 서평양에서 북쪽으로 열차를 타고 한 시간쯤 가면
'마람'이라는 작은 역이 있었습니다. 1950년에 접어들자
북쪽에서 평양을 지나 남쪽으로 가는 무개열차에는 소련
군 탱크하며 고사포, 트럭 등 온갖 무기들이 실려 가고
있었습니다. 나는 그것을 목격할 때마다 불길한 생각이
들었는데 그해 6월 25일 새벽에 6·25 전쟁이 터졌습니다.
바로 그 전날 밤에는 신학교 교수들이 모조리 잡혀가
고, 덕원에 있던 가톨릭 수도원에 있던 수도사들은 갑자
기 밀어닥친 북한 보안 대원들에게 체포당했습니다. 그때
겨우 그곳에서 빠져나온 수도사 한 사람(덕원 수도원에서
만난 일이 있음)이 평양에 있는 나를 찾아왔기에 만난 일

이 있습니다. 그는 서울로 가는 길이라고 했습니다. 그 이후 나도 남한에 왔기 때문에 그 수도사를 한번 만나고 싶었지만, 이름조차 기억 못하는 그 수도사는 영영 만날 길이 막히고 말았습니다.

내 나이 지금 76세지만 나는 두 번의 이산가족의 만남에 끼지 못했습니다. 함경북도가 멀어서인지 지나간 두 번의 이산가족의 만남에는 이상하게도 함경북도에 고향을 둔 이산가족의 이름은 하나도 없었습니다.

생각하면 할수록 아픈 마음만 더욱 아파지는 고향과 고향에 두고 온 가족들, 그 가족들을 기다리며 하루하루 남모르는 눈물만 쏟고 있습니다. 이런 나의 마지막 소망이 무엇이겠습니까. 이제는 고향에 두고 온 내 가족의 생사 확인의 시간조차 많지 않습니다. 지금 나에게는 나 자신이 자유롭게 고향에 가는 것 이외에 나의 눈물을 그나마 닦아줄 다른 길이 없다는 생각을 하고 있습니다.

사랑하는 어머니에게

그것은 꿈이었습니다
황홀하고도 감격적인 꿈이었습니다
어느 날 갑자기 휴전선이 없어지고
철로가 놓이더니 꿈의 기차가 달리고
비행기가 뜨고
흐르는 자동차의 물결이 이어지고
나는 내가 그리던 고향에 돌아가
반세기 전에 헤어졌던 어머니와
할머니와 동생들을 만나
큰 잔칫상을 차리고 온 가족과 함께
이웃들이 모여 덩실덩실 춤추며 노래하며
감격의 눈물을 흘리며 좋아했으나
그것은 깨고 싶지 않은 꿈이었습니다

눈물로 기다리는 사랑하는 어머니
생각하면 생각할수록 꿈같이 지나간
지난 반세기는 우리 모두에게 너무 아프고
슬프디 슬픈 세월이었습니다
동족상잔으로 어느 날 갑자기
단란하게 살아가던 가족들이 뿔뿔이 헤어져

남과 북으로 갈라지고
피눈물 나는 분단의 세월은 우리 모두에게
깊은 주름과 흰머리와 그저 아득하게만 느껴지는
아프고 슬픈 날들을 안겨주었습니다
그 슬픔의 골짝에서 헤어진 가족들을 그리며
몸부림치며 아우성치며 목이 메도록
서로가 서로를 불러도 모두가 대답 없는
메아리가 되고 말았습니다

그러나 사랑하는 어머니
나는 지금 지난밤의 그 황홀하고도 감격스럽던 꿈이
꿈 아닌 현실이 되기를 바라는 마음에서 이 편지를 씁
니다
닦아도 닦아도 흐르는 눈물을 훔치며
어쩌면 재회의 기회가 될지도 모른다는
막연한 희망으로
아니, 꼭 그렇게 되기를 바라는 간절한 소망으로
이 글월을 전파를 통하여 띄웁니다.
이미 저 세상에 계실지도 모르는 어머니와 할머니를
눈물로 그리는 이 짧은 편지가 살아 있는

동생이나 친척들에게 알려져
다시 만날 수만 있다면
오, 얼마나 감격스럽겠습니까
얼마나 황홀하겠습니까
제발 그렇게 될 수 있기를 바라는 모든 사람들이 도와
주시기를
희망하며 짧은 글월 줄입니다

　　　　　　　　　　1998년 아들 김 경수 올림

* 이 글은 1999년 통일부에 이산가족 상봉 신청을 할 때 북에 있는
가족에게 보낼 편지를 써도 좋다고 하여 어머니께 보냈던 글입니다.
(1990년, 1993년, 1998년 통일부에 이산가족 상봉 신청을 했으나 그때
마다 상봉하지 못했고, MBC, KBS에 이산가족 상봉을 위해 서류를
냈으나 만나지 못했으며 몇 년 전부터 진행된 '남북한 이산가족 만
남'을 하기 위해 접수했으나 결국 만날 기회를 갖지 못하고 가셨습
니다.)

불쌍한 어머니

외아들인 아버지와 결혼하여
아들 셋 딸 넷을 낳아
주리고 헐벗으면서 키웠지만
6·25 전쟁으로 두 아들 피난시키고
초근목피로 아버지도 할아버지도 없이
고생만 하시다가 눈을 감으신
불쌍한 어머니와 할머니시여

죽어도 돌이킬 수 없는 나의 죄
가슴 치며 땅 치며 통곡합니다
눈감아도 눈감을 수 없는 불효에
몸서리칩니다

어머니에게

어머니
사랑하는 나의 어머니
지금은 주린 맹수들이 이빨을 갈고
풀잎의 벌레들이 잠 못 이루는 무서운 밤입니다
고향으로 가는 길에는 철조망이 쳐지고
지뢰가 묻히고 마주 선 총칼이 번뜩이고
휴전선 넘어서는 발과 손목에
채워지는 쇠고랑

마음 놓고 한 발자국도 앞을 내디딜 수 없는
덫과 올가미가 피 묻은 눈알 번뜩이고
하늘과 바다와 땅과 땅 밑에도 그물이 쳐진
여기는 휴전선 근처
땅도 마음도 나라조차 찢어진
바람과 구름과 뿌리 없는 것들의
낙원입니다

쉰 번이 넘은 여름과 겨울
가을과 봄이 지나가고 또다시
펑펑 쏟아지는 눈과 비

골짝을 흐르는 물소리와 바람결에 듣는
새소리만이 아름다운 곳
헛디디면 굴러 떨어지는 가파른 벼랑입니다

불러도 불러도 말없는 파도소리
흐르는 물소리로만 들리는 어머니
사랑하는 어머니
저도 이제는 어머니 곁을 떠날 때의
젊은 아들이 아닙니다
용서받을 수 없는 불효만 커집니다

북녘 하늘 떠가는 구름만 보아도
휴전선을 넘나드는 새만 보아도
뜬구름에 실려 가끔 들려오는 고향 소식만 들어도
특히 이산가족들의 만남이 TV 화면을 통해
그 터지는 눈물의 파도소리 들리는 날은
지나간 반세기가 저에겐 눈물바다였습니다
한숨의 강이었습니다
고통의 눈보라였습니다

어머니
사랑하는 나의 어머니
내가 무엇으로 어떻게 죽어야
어머니의 눈물의 바다 거두어들이고
어머니의 눈물의 강 말려드리겠습니까

지금은 대답 없는 밤입니다
창을 흔드는 바람소리만 요란할 뿐
언제 걷힐지 알 수 없는 야수들에
둘러싸인 안개의 벽입니다

돌베개

내 고향 망양정은 언제나 넓은 창
하늘과 바다 열어놓고
살아서 못 오는 길
죽어서라도 오라고 귀 기울여
길 가는 사람들의 발자국 소리 듣고 있다

어느 날은 꽃 피는 구름의 젖 빠는 소리
또 다른 날은 혼자가 아닌 여럿이
무리 지어 살 저미는 바다의
외로운 통곡 소리 들으며
아낌없는 사랑
쪽빛 바다 향한 내 고향 望洋亭은
생명의 모진 공간으로 남아
바다 기슭 돌베개 베고 있다

내가 다시 태어나는 날은

내가 다시 태어나는 날은 내 고향이 보이는
동해라면 좋겠소. 아니어도 좋소

내 마음 몇 천 번이고 몇 만 번이고
내가 다시 태어나는 날은 벗은 발로
바다 위 걸으며 다른 쪽에서 들려오는
파도소리에 귀 기울이며
검은 머리 백발에 가린 햇빛
걷히는 해무

창가의 아침노을 해당화 피는 날이 좋겠소
아니어도 마음 쓰지 않으려오

내가 다시 태어나는 날은
국화 향기 그윽한 별빛 찬란한
바다가 있는 흰 모래밭
정말 하고 싶은 말은 조약돌 굴리는
철철 넘치는 바다의 파도소리로 대신하고
모두가 낯설지 않은 동서남북에
창을 내고 바다의 휘파람 소리 들리는 곳

뭉게 이는 흰 구름 수평선에 돛 올리는
날이면 좋겠소. 내 숨결
내가 지키는 날

생일 선물

잘 먹는 날이 생일인 나는
해마다 잊고 사는 생일인데
맏딸이 생일 선물한다기에
만년필 한 자루 받았지요

다음에는 둘째 딸이 주는 선물
볼펜 하나 받았는데
셋째 딸이 또 생일 선물 준다기에
연필 한 자루 달라고 했고

무엇 선물할까요 아내가 묻기에
잉크 한 병 있으면 된다고 했더니
또 그렇게 되던 날

내게 있어야 할 모든 것을 갖추고
내가 큰 부자 되어 책상 앞에 싱그럽게 앉아
가슴에 묻은 생일

그때가 어제 같은
내가 갓난아기로 다시 태어나던 날

50년 만의 만남

눈물바다 되어버린 이산가족
50년 만의 만남의 자리에
보이지 않는 나의 얼굴
빠져버린 나의 자리에
눈발이 날리고 있다
지금까지 내가 살아온 뜻의 절반은
헤어진 가족 만남이었는데
내가 살아 있는 마지막 기도는
떠나온 고향, 죽기 전에
두고 온 고향의 식구들 만나는 것이었는데
지금도 나의 길 막고 있는 녹슨 철조망과
총부리와 지뢰밭과
맹수의 무리들
내가 바랐던, 그리고
내가 정말 바라는 나의 조국은
이런 것이 아닌데, 내 조국 어디에도
내가 보이지 않는 내 얼굴 가득히
펑펑 흰눈이 쏟아지고 있다

고향의 바다

모두가 휴전선 넘고 있다
살아 있는 이 모두가 돌아가는
고향의 바다
허리띠 조이며 삼킨 울음
철석철석 쏟아내며 물굽이마다 눈 뜨는 핏발 선 눈
맞부라린 얼굴의 푸른 서슬 벗고
찢긴 가슴 글썽이는 눈물 닦으며
막아버린 입과 눈, 귀와 입
죽음의 사슬 끊은 바다
덫과 굴레
온갖 올가미와 쇠고랑에서 벗어나
입가에 맴도는 웃음
한 권의 자서전으로 묶어
차근차근 펴 보이며 바다에 뜨는 별
찢긴 가슴 깨진 머리로 뭍을 향해
쿵쿵 못 박는 소리
불구의 몸 일으키고 고향으로 가는 길
목까지 차오는 통곡 쏟아내고 있다

눈물과 사랑

무쇠와 강철도 녹이는
어머니의 눈물과 사랑에
밤이 녹아내리고 있다

귀향

빛나는 봉우리
태고의 빛 온몸에 휘감아 일렁이는 빛 속
구슬픈 역사의 절벽 사이 합창하며
일어서는 물보라, 얼과 얼
넋과 넋을 하나로 저 넓은 벌
넓은 들 치솟아 오른 불길처럼
옛 고구려의 땅, 깊이 서려 있는 한
피눈물 나는 시 한 구절
노래 한 소절 비바람에 새겨 넣고
아련히 옛 이야기 들리는 곳
어머니에게로 가리라
사랑하는 아내와 나
초롱초롱한 눈빛 우리 아이들의 손잡고

옥토에 박힌 뿌리
깊이 얽힌 덩굴 지축 울리며
위대했던 겨레의 노래 주고받으며
철철철 넘치는 사랑과 자유의 열매 주렁주렁 달린 금빛
들판
꿈꾸듯 손에 손잡고 높은 메

깊은 바다 건너 빛나는 누리
할 일 많은 세상 언제나 큰 즐거움 안고
명예로운 땅
더욱 새로운 세계 향해
더 늦지는 않게 어머니 찾아가리라

불어라 바람아
빛과 화합의 물결
드높은 파도 세워 나는 가리라
슬픈 어머니 곁으로
백 년 뒤라도 천 년 후라도
망설이지 않고 머뭇거리지 않고

소년이었을 때

소년이었을 때 많은 형제 중
장남이었던 나는 바로 내 밑의
누이동생을 가끔 업어준 일이 있었다.

어느 추운 날
전과 다름없이 학교에서 돌아온
내 등에 업힌 여동생이 포근히 잠이 들자
내 등 따뜻이 젖어오던 그때의
그 따뜻함이
회갑을 벌써 넘겼을 지금도
추운 날이면 어김없이 어린 동생으로 찾아와
내 등을 덥혀주는
그 깊은 추억의 바다

이제는 반세기 넘어 나의 덫이 된 휴전선에
발목이 잡혀 갈 수도 올 수도 없는
슬픈 나라에서 생사조차 알 수 없는
나의 아픈 초상이 더욱 가슴 쓰려오고

155마일 휴전선은 지금도 내가 풀 수 없는
내 목의 오라 되고 있다

보리피리

지나가는 밤바람이
나를 보리피리 만들어 불고 있다

6·25 전쟁이 휩쓸고 지나간
어느 날
고향을 등졌던 내가 반세기 넘어
떠돌아다니던 보리밭길
내 고향 고갯마루의 흰 구름 불러내어
나의 구슬픈 날들
보리피리 불며
나를 흔들고 있다
갈대처럼

오늘은 소리 내어 울고 싶다

휴전선에서 또다시 총소리 들리는 날은
입속의 밥알들이 반란을 일으키고
모두가 피 묻은 모래알 되어
산산이 흩어지고
내가 뱉어낸 핏덩어리
식지 않는 저주의 돌팔매들
내가 내 얼굴에 침 뱉고
목구멍에 쳐진 가시 철망에 찢기는
아름다운 들과 메들

어느 하루 정말 마음 놓고 살아온 날 있던가
써서 박아놓은 글자마다 몸부림치며
아우성치며 뒹구는 특호 활자들
닦아도 닦아도 흐르는 눈물
골짝에 숨겨도 갈라선 땅
저주 섞인 낱말들에 긁히고

내 귀에 들리는 바람소리
큰 물결 되어 가슴속 출렁이기를
기도하는 마음 뼈가 되고 살이 되고

대대로 이어지는 눈물과 웃음

오늘은 소리 내어 울고 싶다

찌르는 가시

찌르는 가시가 되어버린 휴전선
나의 눈과 가슴
옆구리를 찌르고
살아 있는 것 어느 하나도
상처 입지 않은 것 없이
우리 모두의 가시관이 되어 있다

다가서면 다가설수록
나를 밀어내는 휴전선
찌르는 가시
목의 가시 되고 있다

휴전선

초롱초롱한 눈망울
이 밤에도 반짝이는 저 많은 별들이
가시관 벗고
대못에서 벗어나게 하소서
가슴 파고든 검은 띠
눈물과 한 많은 언덕
목과 가슴 짓눌리고
재갈 물린 입
칠천만을 덫에서 풀어놓아주시고
두 팔 두 다리 잃고도 벗지 못한
포승에서 올가미에서 굴레에서
우리를 놓아
고향으로 돌아가게 하소서

덫

내 입에 재갈 물리고
내 생명의 고삐를 잡고 마음대로
휘두른 쇠사슬과 올가미
용서할 수도 용서해서도 아니 되는
악령의 피 묻은 손, 38선이여
죽음의 덫 휴전선이여

가난과 헐벗음도 너보다는 아프지 않았고
배고픔도 너보다는 가슴 쓰리지 않았거니

시간이 푸를수록 외로운 섬들의
늘어만 가는 무덤들
발목을 잡고 목과 가슴에 총칼 들이대고
우리 모두의 무릎 꿇린 지뢰밭

8천만이 하나의 목소리로 크게 외칠 때
우리 모두 하나의 마음으로 나팔 불며
고함지를 때 무너져라 폭삭 주저앉으라
여리고성 무너져 내렸듯이……

목과 가슴 조이며 피 말린 해골의 골짝
피눈물의 38선이여 휴전선이여

어느 날 갑자기 도적처럼

통일은 어느 날 갑자기 도적처럼 찾아온다

생각지도 귀 기울이지도 않았던 골짝에
어디나 트인 길, 우리의
통일은 활짝 열린 쪽빛 푸른 하늘 떠이고
응얼거리는 바다의 물결로
예상치 않았던 또 하나의
태양으로 떠오른다

통곡의 깊이 위에
피눈물 토하는 바다 위에
쪽빛 푸른 눈빛으로
모든 입술의 피 묻은 자국 닦으며
전혀 알 수 없는 마음의 길을 열어
막힌 숨 다시 숨 쉬는 숨결로 찾아온다

재수 좋은 날

전쟁에서 살아남은
그때는 구제품으로 받아 입은
양복과 넥타이가 최고의 신사복이었다

그때는 외국 구호단체에서 나누어준
밀가루로 수제비 또는 칼국수 만들어
온 식구 행복하게 나누어 먹고
어린이들은 유엔군의 지프차가
지나갈 때마다 던져주는
추잉껌이나 초콜릿 받아먹는
행운이라도 있으면
그날은 정말 재수 좋은 날이던 때

죽지 않고 살아남은 것만으로도
기막히게 고마워 밤마다
황금 촛대에 촛불 밝히고
더러는 배고파도 배의 주름 펴며
생명의 축제로 가난과 헐벗음 덮고
배 타고 먼 바다 향해 고향으로
떠나는 날이었다

5

사랑은 영원합니다

첫사랑

마음 하나로 믿고 사랑하며
하나의 소망으로 따랐지요
그가 일어서면 나도 일어서고
그가 앉으면 나도 앉고
그가 걸으면 나도 걷고
그가 뛰면 나도 뛰었지요
누가 뭐라건 귀 막고
누군가 막아서면 뛰어넘고
걸림돌이 있으면 치우며
힘자라는 대로 마음과 뜻 다 하여
맑은 물 떠서 짊어지고
뻘뻘 흐르는 땀방울
반짝이는 보석이 되기까지
온갖 열정 다 부었지요

사랑은 영원합니다

누구나 사랑할 때 더욱 아름답습니다
누구나 사랑할 때 어른스럽습니다
누구나 사랑할 때 우러러보입니다
누구나 사랑할 때 다시 태어납니다

사람은 사랑받고
사랑하기 위해 태어났습니다

해는 떠서 지기까지 빛을 줍니다
달과 별들은 밤하늘을 밝힙니다
꽃과 나무
흐르는 강과 호수
출렁이는 바다는 자기를 내어줌으로써
사랑을 받습니다

뭉게 이는 구름과 시원한 바람
그저 마시는 공기
우리는 고마움을 고마운 줄 모르고
살아가는 때 많습니다

젖먹이였을 때는 어머니의 사랑을 받았고
기어 다니거나 첫 걸음마 할 때는
어른들의 사랑을 온몸에 받으며 자랐습니다.

우리는 사랑받고
사랑하기 위해 빛의 아들과 딸로 태어났습니다

사랑은 우리가 숨 쉬는 호흡입니다
사랑은 흐르는 강입니다
사랑은 넘실거리는 바다입니다
사랑은 마른땅을 적시는 샘입니다

사랑은 영원합니다
사랑은 어른스러움의 자랑과 기쁨입니다

내가 먼저 죽더라도

내가 먼저 죽더라도
사랑하는 이여
너무 슬퍼하거나
너무 괴로워하지 마오
삶과 죽음이 별개의 것이 아니어니

내가 먼저 가서
저 많은 별들 중 어느 한 별을 선택하여
매화 동백 목련 진달래 개나리
백합화와 장미꽃도 심어놓고
사랑하는 그대를 기다리며 살려오
천 년이 하루 같은 저기 저곳에서

부디 건강하고 기쁘게 살다가
천천히 오오
비록 삶이 괴롭고 힘들어도

쳐다볼수록 높아지는 하늘
바라볼수록 우람한 바다
사랑할수록 깊어지고

그리워할수록 그리워지는
사랑하는 이여

용서하오 먼저 가는 나를

나는 네가 좋다

아픈 목숨의 마디마디
생명의 깊은 골마다 빛을 담으며
가슴에 모아지는 금빛 은빛 보석알들
밤이 차오르는 밤하늘에 새벽하늘 여는
네가 나는 좋다

눈뜨면 누구나 오가는 길
걸림돌 거둬내며 가없는 하늘과 바다
구긴 데 없는 짙푸른 가슴 열어놓고
그늘진 땅의 오랏줄 풀고
덫에서 벗어나 온갖 설움과 고통을
발밑으로 가라앉히는 너

육체의 층층마다 숨 쉬는 아픈 상처들
얼어붙었던 강이 풀리고
깊은 잠에서 내가 깨어났을 때
죽음에 가린 골짝의 어둠에서 벗어난
꽃나무들

우리가 사는 세상 늘 눈부시지 않아도

하늘의 빛을 풀어놓은
네가 나는 좋다

떨리는 가슴 새벽빛으로 물들어
파랗게 되살아난 목숨
겉사람 아닌 속사람으로 다시 태어나
후줄근히 내리는 봄비에
생명의 주름 펴며 접어둘 것 접어두고
잊어야 할 것 잊게 하는 너의 지혜와
너그러움

불타오르는 열정과 사랑이 정말 좋다

따뜻한 손

거센 바람에 쫓고 쫓기는
구름의 떼를 보라

세찬 바람에 활활 타오르는 들불 속
맹수같이 달려오는 저 바다를 보라

따뜻한 말 한마디 따뜻한 손이 되어
가라앉힌 성난 바다의 풍랑

하늘 위에 올라가고
땅 밑에 내려가도
슬픈 사람에게는 슬픈 바다 떠오르고
기쁜 사람에게는 기쁜 바다 떠오른다

이 세상 모두가 헛되고 헛되고 헛되다 해도
헛되지 않은 빛과 사랑

이 세상 어디나
슬픈 사람에게는 슬픈 달이 뜨고
기쁜 사람에게는 기쁜 달이 뜬다

동백꽃

벼랑에 서서 만개했다가
떨어져야 할 때 뚝뚝 후회 없이
떨어지는 노래 중의 노래
꽃 중의 꽃
나의 심장 동백꽃이여

육십억 인구 중의 그 사람
그 한 사람만을 위해 죽는 날까지
내가 고삐에 매이고
자갈에 물려도 참고 견디며 이기리니

어느 날 갑자기 비탈을 물들이는
저녁노을
하루해 저물어도 좋으리니

내 생명의 꽃
동백꽃이여

아내의 방

아내의 방은 언제나 나를 향해
하늘이 열려 있듯이 들에 핀
아침노을 빛으로 열려 있다

아내의 방은
비바람 휘몰아치는 밤에도
눈보라 우는 들길에서도
불씨 하나 지키며 편안한 마음
주름 없이 내 곁에 내 앞에
아침 해로 떠 있다

아내에게는 네 개의 손이 있다
둘은 나를 위해 다른 둘은 자기를 위해
발도 넷 있다
믿음과 사랑 하나로

사랑한다는 것은

진심으로 누군가를 사랑한다는 것은
어둡던 하늘 첩첩이 접어두고
홀연히 어느 날
주렁주렁 큰상으로 상다리 뚝 부러지게
축복받는 일이다

씻은 듯 맑은 하늘
맑은 눈짓으로 울창하게 떠받드는
마음의 침실에서 말끔히 털어내는
권태와 허무
진심으로 사랑받고 사랑한다는 것은
깎아지른 절벽
십자가의 형틀에서 내려와
줄기차게 뻗는 생명
모든 아픔 치유하고, 황홀한 미음
어디나 활짝 꽃피는 행복한
축제
누군가를 진심으로 사랑한다는 것은
두 번 사는 일이다

불멸의 꽃

쏟아낸 정열의 핏덩어리
뚝뚝 떨어지고 있다
태어나서 죽는 날까지 뭉친 얼
속살까지 태워 붉게 물들인
정열의 바다
어둠 속 뜨거운 입김으로 흐르는 피
사랑의 굽이굽이 쏟아내며
죽을 때에도 지칠 줄 모르는 불빛
흐르는 물살 새 천 년 채우고
서럽고도 아픈 세상
흩날리는 꽃잎 펄펄펄 날리며
마지막 타는 저녁노을
쏟아져 내리는 정열의 우렁찬 폭포 소리
끓는 피 싸늘한 심장 달구어
삭막한 땅 적시고 있다
오, 나의 뜨거운 눈물과 사랑
동백꽃이여

우리는 이래서 행복했다

먹구름 속 천둥 번개 몰려오고
얼어붙은 땅 눈보라 휘몰아치고
오리라던 봄 오지 않고
거둬들인 열매 없다 해도
우리는 서로 믿어줘서 밤이 어둡지 않았고
서로 사랑했기에 행복했다

낯선 하늘 밑 낯선 땅
눈물이 섞인 밥을 먹을지라도
찌꺼기 태우기 위해
더욱 쓸모 있기 위해
용광로 속에 부어지는 쇠붙이들

슬픔의 날은 길고 기쁨의 날이 짧다 해도
땅속에 묻혀서야 싹이 나는 씨알들
날개가 돋기를 기다리는 새들
비록 삶이 아무리 고달프고 쓴맛 나도
쓴맛 단맛으로 바꿀 수 있어서 행복했다

뱃길

실오라기 하나 걸치지 않은 바다
서로를 알고 언제나 함께 열어놓은
바닷길에
높은 파도 백마 타고 부르는
즐거운 노래
아내는 늘 나에게 열려 있다
높은 벽이 막았을 때에도
문이 잠긴 날도
눈 깜작할 사이 사라져버린 벽

사랑의 깊은 바다는 날개 달린
공간이 되어 가슴 깊은 곳
유일한 자유의 지열 풍열 풍랑의 해열까지
끌어올리는 풍차 돌아가고

남극과 북극의 빙하도 녹이고
남과 북의 창이 열리고 있다

목련꽃

죽일 수는 있어도
빼앗을 수는 없는 여자의 마음

어느 날 문득
약속을 지키기 위해서일까
잠긴 문고리 열고
문밖에 드러낸 환한 얼굴
보란 듯이 고개 들고 활짝 피었다가
아쉬움 없이 져버리는 유백색의
목련꽃

흔들어놓고 짓밟을 수는 있어도
고스란히 가슴에 담아낼 수는
없는 꽃

이른 봄
그리움의 길목마다 탐스러운
순백의 목련꽃 자랑스럽게 피어 있다

모두 재가 된다 해도

늙는 것과 시드는 것은 다르다 했다
도마 위에 올라도 펄펄 뛰는 물고기
죽는 게 아니다. 하루가 저물 뿐
지는 해도 싸늘한 하늘 붉게 달구어내고
길 가는 새벽 눈 비비며 다시 태어날
설렘으로 잠 못 이루고

몇 번의 죽음의 고비 넘기고 이겨낸 고통이
백합화로 피고 있다
운명처럼 번갈아 찾아온 고난과 전쟁과 불안
병들어 앙상한 뼈 추리고 앉아
뜯기는 살점의 아픔
쉴 새 없이 바다가 뒤척이고

사랑보다 더 큰 축복이 있을까
찬 서리 치는 밤에도 먼 천둥소리 들으며
병들지 않는 마음
철쭉꽃 라일락 피어나고
풍기는 향기 산하에 둘러
얼음 같은 세상 포근하게 감싸 안고

계절의 한계 넘어
겸손하게 피는 꽃들
언제나 가슴 깊이 머물고 싶은 믿음 소망
사랑의 영원한 나라
기름 부어 온 세상 하나의 불꽃으로 타오르게 하고
모두 재가 된다 해도 사랑하는 용기

살아 있음보다 더 귀중한 것 또 있을까
하늘에 올라가고 땅 밑에 내려가도.

네가 죽기까지는

죽음이 너를 떼어놓기까지는
그것이 꿈속일지라도 헤어지자는 말
흉내 내지도 말고
사랑이 식었다는 말
입 밖에 내지도
머리에 떠올리지도 마라

사랑은 애쓰는 사람들의 천국
가룟 유다같이 속이지도
빌라도처럼 손 씻지도 마라

네가 죽기까지는
광장이나 골목에서
흐르는 물 가는 세월의 찬 서리 내리는
허망한 날에도

부유하거나 가난해질 때
건강하거나 병들었을 때에도
더는 못 살겠다는 말
더는 못 참겠다는 말

바람결에 스치는 표정
눈 밖에서도 눈까풀 속일지라도 나타내지 말자

천국은 피땀의 영롱한 구슬
눈물의 결정체였거니

사랑이 있을 뿐

천상천하에 오직 하나의 사랑이 있을 뿐
애타게 그리운 사람은 죽어도
죽는 것이 아니라네
맞바꾼 목숨으로 사랑한 사람은
어둠이 세상을 덮고
뭇 생명 잠이 들어도, 빈 무덤이 있을 뿐
잠들지 않는다네

지치고 나라 잃어 피 흘려도
별빛 빛나는 밤
그대 가슴에 세월이 삭는다 해도
하나뿐인 목숨
우리는 서로 사랑했고
또 그렇게 남은 인생 살아갈 뿐인
마음의 평화
그것은 결코 늙은 것이 아니라네

붉은 장미

쩌르릉 하늘 울리는 천둥 번개여
땅을 호령하는 폭포여
피 먹은 듯 피의 덩어리 뱉듯이
사랑 하나 지키기 위해
온몸에 가시 두르고
뜨거운 열정
붉은 장미 활짝 피워놓고 있다

눈부신 이름

사랑
처음 누가 불러준 이름인가
누가 생각하고 또 생각하여
만들어내고
붙여준 눈부신 이름인가

너를 위해 십자가도 달게 지고
기쁘게 왕좌도 내어놓고
세상의 끝 하늘 끝까지도
찾아 나선 이름

사랑, 사랑이여
누가 처음 불러낸 이름일까
온 천하를 주고도 바꿀 수 없는
거룩하고도 마음 떨리는 이름
놀라운 생명

남은 길

끝없이 헤매고 다니던 길의 어느 날
앞뒤 그림자 지우고
얼어붙은 강의 얼음 깨고
뚫린 하늘
훤히 열린 가슴의 누구에겐가
비워둔 자리에 만발한 꽃밭
뜨겁고도 환한 눈길 마주친 눈빛으로
새 하늘 새 땅을 열어
굳어버린 돌밭 일구고
땅 밑에서 치솟아 오른 기적 같은 한때
무한히 기쁘고 젊고도 행복하던 날

이제는 무덤까지 남은 길
너도나도 타다 남은 불빛
다시 태어나듯 밤을 낮으로
첫사랑 그대로
한 발로라도 세찬 바람 밀어내며
눈보라 헤쳐 나가야 하리니
사랑하는 사람아

진달래꽃

생각만 해도 듣기만 해도
보기만 해도 뼈 시린 곳
아슬아슬한 벼랑 위에
네가 서 있다

내가 태어나서 지금까지
한번도 있지 않은 태평천하
한쪽을 세우면 다른 쪽이 무너지고
눈 감고 귀 막아도 엉엉 우는 바위들

마지막 사랑조차
뼈아픈 곳
사랑하는 네가 피어 있다

나의 천국은

나의 천국은
미소

웃는 사람에게
천국 문이 열리리니

남편들에게

외박을 하고 싶으면
먼저 아내에게 외박을 시켜라

도박을 하고 싶으면
아내에게도 투전을 가르쳐라

그것이 싫으면 투전도 집어치워라

온 천하를 주고도 바꿀 수 없는
가시버시의 사랑이여

머잖아 모든 것 셈할 날 온다
문밖에서 이를 갈며 슬피 울 날이 온다
밤이 깊을수록 커지는 어둠과 무덤 사이
바라지도 않는 울음소리 들리고
뿌리 잃은 나무들이 뽑히고 있다

지구 밖으로 뻗은
나뭇가지

1판 1쇄 찍음 • 2003년 6월 20일
1판 1쇄 펴냄 • 2003년 6월 25일

지은이 • 김경수
펴낸이 • 박맹호
펴낸곳 • (주) 민음사

출판등록 1966. 5. 19. (제16-490호)
서울시 강남구 신사동 506 강남출판문화센터 5층 (135-887)
대표전화 515-2000 / 팩시밀리 515-2007
www.minumsa.com

값 9,000원

©이혜신, 2003. Printed in Seoul, Korea

ISBN 89-374-0716-7 03810